혼자 사니 좋다

혼자 사니 좋다

서정희 지음

몽스북
mons

contents

prologue

나와 마주하는 훈련

.

.

.

하늘이 좋다. 눈을 뜨자마자 커튼을 젖히고 창가 테이블에 앉아 한참 동안 올려다봤다. 미동도 없는 건물 사이로 바람이 지나며 가로수의 나뭇잎들을 흔들었고, 같은 속도로 구름도 흘러갔다. 덩달아 내 감정도 구름처럼 빠르게 움직이다 이내 고요해졌다.

결혼 생활 내내 자유가 없었지만, 이혼 직전까지 7년 동안은 극도로 의욕이 없었다. 감정 기복이 심해 바깥으로 나가는 것조차 싫었다. 집, 내 공간을 사랑하는 내게도 버거웠던 집, 그 집에서 내가 한 일이라곤 종일 하늘을 올려다보는 것뿐이었다. 해가 뜨고 안개가 차오르고 비가 내리고 눈이 쌓이는 모습을 그저 바라만 볼 뿐 무언가를 할 수도, 무언가에 집중할 수도 없었다. 그렇게 나는 시간과 날씨와 계절의 변화를 바람에서 읽는 법을 배웠다. 잠을 잘 때도 창문을 열어둬 바람이 나를 훑고 가주기를 기대했다. 바람이 보듬고 지나가면 뜨겁고 따가운 마음이 조금 진정되곤 했다.

그 집을 벗어난 지금도 여전히 깊게 잠이 들지 못한다. 오늘도 그랬다. 창을 열고 바람 냄새를 맡으며 한참 동안 하늘을 올려다봤다. 붉은 신호등에 걸린 차 안에서도, 책상에 앉아 휴대폰 메시지와 이메일을 체크할 때도, 캄캄해져 바람의 움직임을 읽을 수 없어질 때까지 종일, 하늘을 올려다봤다. 이렇게 감정을 주체하기 힘든 날이면 차라리 술에 취해 필름이 끊겼으면 좋겠다. 하지만 술을 잘 못 마시는 나는 하늘을 올려다보며 그저 나를 볕에 불려 말릴 필요가 있다고 생각할 뿐이다.

종종 '만약'을 생각한다. 수없이 스스로에게 물었다. 만약 그 사건이 없었다면, 그래서 모델이나 배우가 됐다면, 계획대로 가족들과 함께 이민을 갔더라면, 그러니까 그렇게 결혼하지 않았다면 어땠을까.

들키고 싶지 않아 꽁꽁 감추고 살아왔지만, 사실 나는 나의 부족함을 누구보다 잘 안다. 연예 계통의 일을 했더라도 톱스타가 되긴 어려웠을 거다. 반짝 이목을 끌 수는 있었겠지. 하지만 연기를 못하고, 노래나 춤을 직업으로 삼기엔 실력이 부족하니 이내 잊혔을 거다. 그리고 아주 오랜 시간이 흐른 뒤에 신변잡기적 토크쇼에 '왕년의 청춘스타'로 출연해 추억 팔이를 했겠지. 그렇게 또 반짝 이슈 몰이를 하다 사라지는 식으로 소비됐을 거다.

돌이켜보면 그토록 오랫동안 그 집에 갇혀 산 이유는 결국 나 때문인 것 같다. 나는 콤플렉스가 많다. 다섯 살 때 아버지가 돌아가셨고, 엄마는 아버지를 대신해 돈을 벌어야 했다. 엄마의 자리는 할머니가 대신하셨는데, 할머니와 나는 사이가 별로 좋지 못했다. 비실비실하고 까탈스러운 데다가 고집까지 세서 할머니의 귀여움을 받지 못했던 거다.

엄마는 항상 열심히 일했지만, 우리는 늘 가난했다. 내가 고등학생 때 우리 가족은 모두 미국으로 이민 갈 예정이었다. 나는 학교를 자퇴했고, 우연한 기회로 연예계에 발을 들였으며, 곧바로 임신을 해 가정을 이뤘기 때문에 나를 제외한 가족 모두는 계획대로 이민을 떠났다. 그리고 '고등학교 중퇴'는 꽤 오랫동안 내 최종 학력이었다.

열아홉 살에 첫아이를 임신했다. 동거를 시작했는데, 가족들이 이민을 떠난 상태라 도움을 받을 곳이 없었다. 친정엄마와 시댁의 반대가 있었지만 배 속의 아이를 지키고 싶었고, 갖은 구박과 핍박을 견디며 절대 누구도 건드릴 수 없는 나만의 성을 쌓아야겠다고 생각했다.

견고하게 지은 성처럼 그 집은 누구도 들여다볼 수 없었는데 사실 기초부터 잘못됐었다. 무너뜨리고 다시 쌓아야 했지만, 잘못을 인정하지 않고 가리는 데 급급했던 나는 세상 어디에도 없는 세련된 인테리어로 성을 치장했고, 결국 실패했다.

세상이 모두 알도록 시끄럽게 이혼녀가 됐다. 그 치욕스러운 순간을 떠올리면 아직도 부아가 치민다. 꽤 오랫동안 내가 처량해 울었고, 무너져버린 나의 성이 아까워 울었다. 평생 죽도록 노력했으나 내가 여전히 패배자란 사실이 억울했다.

나는 철저하게 만들어진 캐릭터다. 평생 열패감에 시달려야 했던 나는 자존감이 굉장히 낮았다. 과거 TV에 출연하거나 잡지 촬영을 할 때마다 예민하다 못해 꽤 까칠한 편이었는데, 낯선 환경에 적응하지 못해서 그랬던 것 같다. 사회화가 전혀 안된 상태였다고 해야 할까. 칭찬도 욕으로 곡해해 스스로를 괴롭히곤 했다. 모든 사람이 나를 질타하는 것 같았다. 빨리 일을 마치고 내 공간으로 숨어버림으로써 외부와 나를 단절시키는 것만이 내가 할 수 있는 유일한 일이었다. 집은 사회 적응 능력이 제로에 가까운 나의 요새였고, 그곳에 들어가야 겨우 안심할 수 있었다.

열등감을 극복하기 위해 나는 무엇이든 배우고자 했다. 배움에 대한 편견은 없다. 호기심은 영역을 넘나들었고, 탁월한 능력을 가진 이를 만나면 카피해 내 것으로 만들려고 노력했다. 한두 번 흉내만 내다 그만두는 것이 아니라 몸으로 익혀 자연스럽게 행동으로 나올 때까지 수없이 반복했다. 그렇게 오랫동안 차곡차곡 쌓아온 시간들은 안목이 됐고, 나만의 스타일이 됐다. 나를 넘어서기 위해 노력한 시간들이 나의 경쟁력이 된 거다.

이혼 후 내게 시작된 가장 큰 변화 중 하나는 내 존재를 있는 그대로 드러내는 것이 불편하지 않다는 점이다. 그동안 나는 적잖은 문화적 충돌을 이겨내며 '서정희다움'을 만들려 노력했다. 지난 세월을 부정하고 싶은 마음은 없다. 그 또한 내 선택이었다. 나는 지난 40년 동안 내 스스로에게 엄격한 삶을 살아왔고, 성공한 이들을 흉내 내며 나를 성장시켜왔다. 하지만 아이러니하게도 혼자가 된 후 가장 거추장스러웠던 것은 내가 만든 콘셉트였다. 간극이 점점 좁아지고 있다고 생각했던 실제의 나와 만들어진 나. 그 위태로운 평화를 내려놓는 준비를 하고 있다.

하여 요즘의 나는 자기애가 충만한 삶을 살고 있다. 부족한 게 많아도, 남들이 뭐라고 하든 상관하지 않고, 내게 후한 점수를 주며 스스로를 다독인다. '동대문시장 셔츠도 내가 입으면 명품이 돼', '알록달록한 고속터미널 지하상가에서 이렇게 세련된 컬러와 질감을 가진 포장 리본을 순식간에 고를 수 있는 사람은 나밖에 없을걸', '이 나이에 생머리를 유지할 수 있는 사람이 몇이나 돼' 등등.

평생 까탈스럽고 예민하게 살아온 내가, 나를 너무 사랑해서 벌어지는 시트콤 같은 순간들을 기록해 둬야겠다고 생각했다. 다시 우울해지는 순간이 오면 지금을 마음껏 부끄러워하고 부러워하면서 우울을 이겨낼 에너지를 얻을 수 있도록.

혼자가 되고 비로소 진짜 나와의 동거가 시작됐다.
타인의 시선과 자기 연민에서 벗어나 바르게 나와 마주하는 훈련을 하는 중이다.

이 책에서는 함께 살면서 알았더라면 더 좋았을 혼자 사는 방법에 대하여 얘기할 계획이다.

강조하건대 이 책은 이혼 권장 도서가 아니다.

1

작지만 자유로운 집

죽는 순간을 위한 세팅

겁이 많아진 건지 시간이 많아진 건지, 혼자 살기 시작하면서 부터 이상한 상상이 늘었다. '갑작스러운 죽음' 역시 수많은 상상 중 하나다. 한밤중 빗길에 교통사고가 난다면, 강도가 들 거나 심장마비가 온다면, 심지어 혼자 욕실에서 미끄러져 머리를 부딪쳤는데 누구도 나를 발견하지 못한다면…….

갑자기 죽음을 맞게 된다면 대부분의 사람들은 용기가 없거나 현실과 타협하느라 못 해본 일들에 대한 후회로 가득할 거다. 나는 그렇지 않다.

많은 여자가 그렇듯이 나도 평소 집에 있을 때는 브래지어를 잘 착용하지 않는다. 겨울에 갑자기 외출하게 되면 내복 위에 브래지어를 입고 나가는 경우도 더러 있었다. 그날도 그랬다. 위경련으로 급히 응급실에 가야 했던 나는 집에서 있던 대로 내복 위에 브래지어를 한 채 겉옷을 걸치고 나섰다. 통증이 점점 심해지는 와중에 운전을 하다가 '이 상태로 사고가 나면 어쩌지' 하는 생각이 들었다.

한밤중에 서울 청담사거리 눈길에서 3중 추돌 사고가 났다. 병원으로 옮겨진 내게 심폐 소생술을 하려고 웃옷을 젖혔는데 아뿔싸! 바지 위에 팬티 입은 슈퍼맨도 아니고, 내복 위에 브래지어를 한 차림새라니! 평생 공주 콘셉트를 못 버려 청소할 때도 롱스커트를 입는 여자가 이렇게 생을 마감하다니! 이것은 내가 원하는 결말이 아니다.

혼자 있을 때도 나는 누군가가 나를 보고 있다는 생각으로 나를 가꾼다. 내가 죽은 후 아이들이 내 물건을 정리하며 '엄마는 역시 엄마야'라며 웃을 수 있도록 마지막 순간까지 예쁘게 살고 싶다.

마지막까지 우아하고 싶은 나는 죽는 순간을 위한 세팅을 한
다. 내가 가장 잘하는 것은 살림. 그중에서도 청소다. 청소의
핵심은 흐트러지지 않고 항상성을 유지하는 것이다. 나는 누
군가 예고 없이 들이닥쳐 아무 서랍이나 열더라도 전혀 부끄럽
지 않도록 완벽하게 정리하는 것이 습관이 됐다.

최근에는 나이가 든 건지 체력이 약해져 아무리 정리를 해도
정리해야 할 부분이 많아 버겁기도 하지만 정리를 멈추지 않는
다. 신앙적인 차원에서 보자면, 주변을 정돈하는 일은 곧 영적
인 청소다. 정돈된 상태에서 기도가 더 잘되기 때문에 항상 단
정하고 고요하고 평안한 생활을 하는 것이다.

백조 같은 우아함을 유지하기 위해 보이지 않는 나의 일상은
분주하다. 눈을 뜨면 침대 시트부터 정리한다. 호텔 객실의 침
구처럼 주름 하나 없이 세팅해야 직성이 풀린다. 침구 정리 후
에는 긴 솔로 천장과 벽을 훑어 먼지를 털어낸다. 거실과 드레
스 룸도 같은 순서로 정리한다.

집안일을 할 때는 '한꺼번에'라는 게 없다. 옷장과 서랍, 그릇
등을 일주일 단위로 구역을 나누어 매일 조금씩 정리한다. 물

건의 위치를 외우고 있기 때문에 무언가를 찾느라 허비하는 시간도 없다.

청소 후에는 식탁 위에 그릇을 세팅해 두고 새벽 기도를 간다. 새벽에 일어나 무언가를 결정하는 시간을 줄이기 위해 전날 밤 잠들기 전에 성경책과 필통, 물병, 돋보기, 함께 나눠 먹을 간단한 요깃거리를 넣어 성경 가방을 꾸려놓고, 입을 옷과 액세서리 등을 준비해 둔다.

손님이 온다고 하면 꽃 시장부터 가야 한다. 그래야 내가 연출하고 싶은 대로 식탁과 집의 그림이 완성된다.

무려 40년이나 반복해 온 일이기에 굳이 무엇을 생각하지 않아도 몸에 입력된 대로 반사적으로 움직인다.

마음에 드는 물건을 발견하면 여러 개 사서 쟁여두는 습관도 있다. 그 많은 물건을 왜 쌓아두느냐고 묻기도 하는데, 거짓말처럼 나는 다 활용한다. 물건을 구석에 넣어두고 잊는 경우가 많은 것은 살림을 남에게 맡기는 사람들 얘기다. 나처럼 일주일 간격으로 모든 물건을 정리하다 보면 물건에 대한 기억력이 높아진다. 활용도가 높을 수밖에 없다.

나의 이런 습관에는 완벽해지고 싶은 욕망이 담겨 있다.
결혼 생활의 모든 것이 비정상이라면 완벽한 주부라도 되어 빈
틈을 메워야겠다는 욕망. 그렇게 나의 통제 아래 미완의 것들
이 제대로 된 형태를 갖춰갈 때마다 느껴지는 희열 같은 것. 어
쩌면 보상 심리 혹은 안정감. 하지만 완벽한 세팅 이면에는 여
전히 미완성인 내가 있다.

나는 지금도 하찮은 욕망에 시달린다. 나는 그릇이 좋다. 옷보
다 그릇이 좋다. 이혼 직후 몸도 마음도 만신창이가 돼 도망치
듯 미국으로 갔을 때도 그랬다. 그 처절함과 막막함을 떠올리
면 아직도 가슴께가 뻐근하다. 체중은 40kg이 안 됐고, 온몸에
는 멍 자국이 선명했다. 쇼윈도 부부의 결혼 생활은 연일 가십
에 올랐고, 질척한 이혼 과정은 생중계됐으며, 엘리베이터 안에
서 벌어진 폭력의 순간은 반복적으로 전파를 타던 때였다. 엄
마도 딸도 내게서 눈을 떼지 않았다. 미국으로 가기 전 병원에
서 진통제를 5대나 맞고 비행기를 탔다. 정신없이 입은 땡땡이
무늬 치마와 반스타킹, 얼굴을 가리기 위해 택한 페도라가 문
제였다. 악플이 달렸다. '저 여자는 이 와중에도 멋을 낸다'고.

한국을 떠나 딸 동주의 곁으로 갔지만, 그곳에서도 사람들의 시선이 두려워 집 밖으로 나갈 엄두조차 내지 못했다. 그런 내게 기분 전환을 시켜주겠다며 동주는 시간이 날 때마다 나를 데리고 외출을 했다. 햄버거를 사 먹고, 공원을 거닐고, 잔디에 누워 볕을 쬈다. 밝은 볕 아래 선 것이 오랜만이었다. 그 볕이 반가우면서도 사람들의 시선은 여전히 두려웠다.

그런데 산책을 하다가 편집 숍에서 마음에 드는 그릇을 발견한 거다. 하필 그 타이밍에 왜 그 그릇이 거기 있었을까. 유리 너머에 그릇이 있다는 사실도 인지하지 못한 채 홀린 사람처럼 그릇에 빠져들었고, 쇼윈도에 머리를 쿵 하고 찧었다. 지금 사지 않으면 평생 후회할 것 같았지만, 딸에게도 눈치가 보였다. 타인의 시선도 의식됐다. 요란한 일을 겪고 도망치다시피 타국까지 와서 양손 가득 쇼핑백을 들고 다니는 모습을 누군가가 본다면 얼마나 부끄러운 일인가. '서정희는 그 와중에 쇼핑을 하더라. 제정신이 아니야' 같은 소리를 들을 것 같았다. 차마 갖고 싶다는 말을 하지 못한 채 들었다 놓기를 반복하다가 그냥 돌아섰다.

시간이 꽤 지난 후 딸에게 전화해 그때의 얘기를 한 적이 있다. 지금이라도 구할 수 있으면 구해 달라고 부탁할 요량이었다. 그러나 딸은 나와 달리 살림에 관심이 없다. 열심히 그릇에 대해 설명했지만 딸이 그 그릇을 기억해 낼 리 만무하다. 동주의 답은 뻔했다. "그런 일이 있었어?"

그깟 이혼이 뭐라고, 막 이혼한 여자는 그릇도 제 맘대로 사면 안 되는 건가! 그제야 물색없이 화가 났다. 한편으로는 부끄럽기도 하다. 그 와중에 그릇에 마음을 뺏긴 것도, 슬픔에 절어 자기 연민이 폭발하면서도 남의 시선을 의식한 것도 모두.

왜 나는 모든 순간을 설정해 스스로를 피곤하게 하는가에 대해 생각해 본 일이 있다. 콤플렉스 때문이라는 결론에 이르렀다. 아버지가 일찍 돌아가시고, 가난한 어린 시절을 보냈으며, 대학 교육도 뒤늦게야 받았다. 숨기고 싶은 방식으로 결혼했고, 결혼 생활은 만족스럽지 못했다. 그 열등감을 극복하기 위해서 나는 모든 것을 최고의 자리에 올려놔야 했던 거다. 최고를 만든 후에는 매뉴얼화해 정해진 루틴대로 살아가는 게 중요했다. 그래야 실수를 들키지 않고, 마음의 평화를 유지할 수 있으니까. 그렇게 살면서 리셋하고 싶었던 순간이 한두 번이 아니다. 하지만 당시 내가 머물고 싶은 자리는 착한 아내와 좋은 엄마였고, 수없이 반복한 결과라 생각하지 않아도 행동으로 나올 정도로 익숙해졌다.

'살림의 여왕'이라는 타이틀도 싫지 않았다. 완벽한 주부라는 말처럼 들렸다. 나의 인테리어 노하우와 살림의 기술은 방송과 잡지의 소재가 됐고, 최근에는 SNS를 통해 공유하기도 한다. 칭찬은 나를 더 재촉했다. 물론 예나 지금이나 나를, 나의 방식을 탐탁찮게 여기는 사람들도 있다. 그들은 내게 "살림이 콘셉트냐?"고 되묻는다. 한때 그 말은 나를 날카롭게 헤집고 갔다. 치부를 들킨 기분이랄까. 그때는 설정이라는 걸 들키고 싶지 않아 애가 닳았다. 지금처럼 "그 콘셉트를 평생 유지하는 게 얼마나 힘든지 알아?" 하고 답해 줄 여유도 없었다.

모든 세팅이 나를 중심으로 완성된 지금, 비로소 나는 나에 대해서 자신 있게 설명할 수 있다. 청소할 때도 하늘하늘한 롱스커트를 입는 여자라는 것을. 이젠 반바지를 입고 청소하는 것이 더 불편해진 것도 사실이다. 아무런 약속이 없는 날에도 아침

일찍 일어나 풀 세팅을 하고 잠들기 직전까지 유지한다. 누가 부르면 5분 안에 나갈 수 있을 정도로 항상 준비가 돼 있고, 약속 없이 누군가 집에 찾아오더라도 허둥대지 않을 자신이 있다.

미국 샌프란시스코에 있는 동주 집에 머물 때였다. 외출을 하고 돌아온 내게 동주가 반려견 레아를 데리고 산책을 가자고 하기에 튤 스커트에 구두 차림 그대로 따라나섰고, 그 모습을 찍어 SNS에 공유했다. 그러자 '산책할 때도 공주 옷을 입느냐'고 힐난하는 이들이 적지 않았다. 하지만 어쩌겠는가. 집에 있을 때의 복장 자체가 그 공주 스타일인 것을, 아무도 열지 않는 서랍 속을 매일 정리하며 누군가 열어주길 기다리는 사람이 나인 것을, 치렁치렁한 치맛자락을 살짝 들고 표표히 걷는 게 내 본모습인 것을.

이혼 후 내게 일어난 가장 큰 변화는 살고 있는 집의 크기나 타고 다니는 자동차의 종류가 바뀐 게 아니다. 모든 세팅이 나를 중심으로 바뀌었다는 점이다.
변화는 대단한 것이다. 그동안 감추고 살았던 철딱서니 없는

내 모습을 더는 미워하지 않게 됐다. 나를 완전히 사랑하지는

못하더라도 인정하고 용인할 수 있는 단계에 이르렀다.

이제 내 맘대로 살 거야.

밥보다 꽃이 좋다

-
-
-
-

"알아서 해주세요" 같은 모호한 표현은 별로다. 나는 요구가 정확하다.

집에 오기로 약속한 친구가 "필요한 것 없니?"라고 물으면 대다수는 "괜찮으니 그냥 오라"고 답하겠지만, 나는 필요한 것을 디테일하게 말한다. 어차피 그냥 오라고 해도 무언가를 가져올 테니 기왕이면 내가 필요한 걸 얘기하는 편이 낫지 않나. 나를 위한 물건을 구입하는 데 쓸데없는 고민을 하지 않도록 하겐다즈 크리스피 샌드위치 캐러멜 맛 두 개, 제주 삼다수 카카오프렌즈 에디션 330ml 두 병 등 브랜드명과 사이즈, 개수까지 정해 준다.

일을 할 때도 마찬가지다. 얼마 전 사무실에 페인트 작업할 일이 있어 직원들에게 "컬러는 그레이가 8% 들어간 블랙으로, 질감은 광 없이 매트한 게 어울리니 벤자민 무어 페인트 화이트 4L짜리 1통만 사다 줘" 하고 말했더니 깜짝 놀라며 "그걸 어떻게 아세요?" 한다.

꽃 시장에 놀러 가듯 한동안은 페인트 가게를 드나들었다. MDF판을 들고 다니면서 직접 칠해 보며 색감과 질감을 확인했다. 한 번 칠했을 때와 두세 번 덧칠했을 때의 느낌도 확인하고, 맑은 날과 흐린 날의 톤 차이도 체크했다. 같은 그레이 컬러라도 배합에 따라 차갑고 서늘한 느낌이 있는가 하면, 러블리한 느낌이 들기도 한다. 아이보리의 경우 화이트 위에 밀크 빛이 도는 게 있고, 옐로 위에 화이트가 감도는 게 있다. 크림 화이트와 내추럴 화이트는 칠해 놨을 때 느낌이 완전히 다르다.

요구가 구체적이면 처음에는 '까다로운 사람'이라는 낙인이 찍힌다. 좀 재수 없게 비춰지기도 한다. 하지만 오랫동안 일을 할 사이거나 친구 관계를 유지하려면 필요한 단호함이기도 하다. 시간이 지나 내게 익숙해진 사람들은 외려 편하다고 할 정도다.

사람은 변하지 않는다고 한다. 내 생각은 조금 다르다. 만약 누군가 변하고 싶다고 말하면서도 변화하지 못한다면 내심 그 모습이 스스로 마음에 들어서일 수도 있다. 진실로 변하고 싶다면 자신이 부족하다는 걸 인정해야 한다.

나는 나의 부족함을 진즉에 인정했다. 내가 가진 것보다 나은 것이 있다면 누구에게든 무엇이든 배우려고 한다는 거다. 나는 많은 걸 스캔하고 따라 해본다. 장난처럼 "나는 따라쟁이야" 하고 말하지만, 따라쟁이의 삶이 순탄하기만 했던 건 아니다.

식사 초대를 받으면 호스트가 게스트들을 어떻게 대접하는지 눈여겨본다. 어떤 계절에 어떤 요리를 내는지 살피고, 식기와 커트러리를 꼼꼼하게 봐둔다. 테이블 위에 꽃이 놓여 있는지 초가 놓여 있는지, 와인 잔과 물컵은 어떤 모양을 사용하는지, 그리고 식사를 하면서 어떤 대화를 나누는지까지. 서너 시간 이상 지속되는 자리의 모든 것을 기억할 수는 없다. 대신 좋았던 것들, 닮고 싶은 것들을 반드시 기억했다가 수일 내로 집에서 따라 해본다.

테이블만 스캔하는 게 아니다. 그 모임에 온 사람 중 옷을 잘 입은 사람이 있다면 집에 돌아와 내가 가지고 있는 옷들을 매치해 비슷하게 연출해 본다. 잘 어울리면 변주해서 내 것으로 만들고, 안 어울리면 다음에는 이렇게 입지 말아야겠다고 생각한다.

청소 강박

·

·

·

·

먼지떨이로 천장을 훑다가 조명을 깨뜨렸다. 와장창, 산산조각 난 파편이 방 전체를 어지럽혔다. 만날 하는 일인데 왜 힘 조절을 하지 못했을까, 하루 사이 먼지가 쌓여야 얼마나 쌓인다고 먼지떨이를 세게 휘둘러서 이 사단을 만들었을까. 아니, 애초에 나는 왜 청소를 완벽하게 해야 한다는 강박에 시달리게 된 걸까.

사람들이 내게 '몸매 관리를 어떻게 하느냐'고 묻는데, 사실 나는 운동을 하지 않는다. 애들처럼 과자와 디저트를 달고 살며,

아무리 늦은 시간에도 먹고 싶은 것은 죄책감 없이 먹는다. 내 가까운 지인들에게 같은 질문을 한다면 그들은 아마도 '하루만 서정희와 같이 있어 보면 알게 될 거야'라고 답할 것이다. 나는 가만히 앉아 있질 못한다.

청소하다가 조명을 깨뜨린 건 처음이 아니다. 언젠가 여행 중에 부티크 매장을 방문한 일이 있다. 막 오픈한 매장에는 점원이 정갈하게 유니폼을 차려입고 흰 장갑을 낀 채 타조 털 솔로 제품의 먼지를 털어내고 있었다. 매장의 수많은 화려한 제품보다 청소하는 모습 자체에 눈길이 갔다. 영화 속 장면이 스쳐 지나갔다. 중세 배경의 영화였는데, 대저택에서 일하는 메이드가 흰 레이스가 달린 머릿수건과 앞치마를 입고 청소하는 장면이었다.

그날 그 숍에서 내가 무엇을 구입했는지는 기억나지 않는다. 여행에서 돌아와 길이별로 먼지떨이를 구입했고, 부티크 매장의 직원처럼 흰 장갑을 끼고 청소 시작 전에 먼지를 털어내기 시작했다. 고수의 청소 기술을 도입한 거다.

힘 조절에 실패해 깨뜨린 조명과 와인 잔만 해도 상자로 한가득일 거다. 그냥 청소하는 주부가 아닌, 프로페셔널한 주부의 역할을 영화 속 인물보다 완벽하게 해내고 싶었던 것 같다.

혼자 살면서도 청소하는 습관은 여전하다.

아침에 일어나면 가장 먼저 침구를 정리한다. 밤사이 침구에
밴 온기와 냄새를 빼기 위해 커튼을 젖히고 창문을 연 다음 이
불을 걷어 볕에 말린다. 가장 긴 양털 먼지떨이로 천장과 벽의
먼지를 털어내고 짧은 것으로는 TV와 가구 위의 먼지도 털어
낸다. TV 화면은 스크래치가 나지 않도록 융으로 닦아야 한
다. 그러고 나서 침대를 정리하고 '찍찍이'로 먼지를 털어낸다.
끝이 아니다. 먼지를 제거한 다음에는 구김을 펴야 한다. 안개
처럼 분사되는 분무기로 물을 뿌린 다음 손으로 다림질하듯 편
다. 언젠가 묵었던 호텔에서 흰 식탁보를 이 방법으로 주름을
펴는 모습을 본 후로 무려 20년이 넘도록 반복해 온 작업이다.
일주일에 한 번, 침대 시트를 교체하는 날에는 좀 더 분주하다.
습하고 바람이 통하지 않는 날에 분무기를 사용할 경우 이불
에서 냄새가 날 수 있기 때문에 시트 교체는 볕이 좋고 바람이
솔솔 부는 날을 택해야 한다.

과거 어머니들이 온돌방에 요를 깔기 전에 다림질이 필요한 바

지를 넣어두던 것처럼 침구류는 세탁 후 바싹 말린 다음 비닐에 담아 발로 밟아 주름을 펴서 보관하는데, 접어둔 터라 어쩔수 없이 구김이 있다. 패브릭 고유의 질감을 해치는 다림질을 싫어하기 때문에 귀찮더라도 손다림질을 고수한다.

언젠가 지인들의 모임에 갔다가 "손이 왜 그렇게 빨개요?"라는 질문을 받고 당황한 일도 있다. 집에서 열심히 손다림질을 하다 나와 손에 열이 나고 있었던 터다. 시트 주름을 일일이 손으로 펴고 나면 손에서 열이 나는데, 빳빳하게 펴진 침구를 보면 내 마음도 깔끔하게 정리되는 것만 같다.

커튼도 마찬가지다. 관리하지 않으면 아무리 좋은 원단의 커튼이라도 때가 타고 수명이 짧아지기 때문에 화초를 보듬듯 매일 쓰다듬어줘야 한다. 벽의 먼지를 털 때 커튼의 먼지도 털어내고, 침구 정리가 끝나면 찍찍이로 남은 먼지까지 털어낸다. 구김이 있으면 분무기로 습기를 올린 다음 손으로 펴주고, 마른걸레로 커튼 봉의 먼지도 닦아낸다.

침실 청소가 끝나면 거실로 나와 먼지떨이로 천장부터 훑어 내린다. 옷장 위와 선반, 노출 배관까지 꼼꼼하게 털어내고 거실과 부엌, 옷장의 서랍 정리를 시작한다.

서랍은 일주일 단위로 모두 정리할 수 있도록 구획을 지어놓고 요일별로 한 구역씩 정리를 하는데, 처음에는 귀찮지만 반복하다 보면 정리할 것이 많지 않아 시간은 그리 오래 걸리지 않는다.

동시에 침실을 나오면서 전날 모아둔 빨래를 세탁한다.

다음은 설거지. 설거지의 마무리는 싱크대 하수구의 음식 거름망을 뒤집어 말려두는 것이다.

내가 빼먹지 않고 하는 일 중 하나는 아침마다 레스토랑처럼 테이블 세팅을 해두는 것이다. 그날그날 날씨와 기분에 어울리는 잔과 접시를 세팅한다. 아침에 일어나면 전날 세팅해 둔 그릇을 치우고 세제 없이 물로만 헹군 다음 마른행주질을 해서 선반에 올려두고, 새로운 잔과 접시를 꺼내 물로 세척한 다음 물기를 닦아 테이블 위에 세팅한다.

부엌 다음은 욕실과 화장실 차례다.

지금 사는 집을 공사할 때 욕실과 화장실 벽을 허물고 투명한 유리 부스 두 개를 설치했다. 혼자 살 집이니 안에서 목욕하는 모습이 보여도 상관없다는 배짱으로 감행한 인테리어다.

이 욕실 유리벽의 먼지를 털고 물청소를 한 다음 바닥 청소를 한다. 그러고 나서 마른걸레로 물기를 모두 제거해야 청소한 기분이 든다. 커다란 수건을 화장실 문손잡이에 걸어두고, 건조기에서 빨래를 꺼내 정리한 다음 청소기로 바닥 먼지를 빨아들이는 것까지가 청소 루틴이다.

엄청난 여정처럼 느껴지지만 익숙해지면 1시간이 채 걸리지 않는다. 습관이 되면 청소하는 사이사이 밥도 먹고 커피도 마실 여유가 생긴다.

청소하는 동안의 배경 음악은 클래식. 롱스커트 위에 앞치마를 두르고 머릿수건까지 쓴 다음 먼지떨이를 한 손에 들고 멜로디를 흥얼거린다. 청소하는 게 일이라면 일인데도 기분이 좋아진다.

놀랍게도 지금까지 얘기한 청소 루틴은 이혼 전에 비해 굉장히 간소화된 거다. 예전에는 하루도 빼먹지 않고 아침저녁으로 세팅을 바꿨다. 아침마다 침대 3개를 정리하고, 돌아가면서 시트를 빨았기에 우리 집 세탁기는 세탁소 못지않게 바쁘게 돌아갔다.

그때도 일주일에 한 번은 시트를 빨았는데, 호텔처럼 이불 위에 시트를 덧대서 사용해 빨랫감이 더 많았다. 베개는 얼굴에 닿을 수 있으니 이틀에 한 번씩 세탁했다. 토퍼는 한 달에 한 번씩 방향을 바꿨고, 토퍼 사이사이 틈새를 칫솔 모양의 긴 브러시로 긁으며 먼지를 빼낸 뒤 청소기로 흡입했다. 속에 든 솜이나 털이 균일하게 유지되도록 이불도 방향을 바꿨다. 빨랫감은 컬러별로 구분하고, 온수용과 냉수용, 오염 상태가 약한 것과 아닌 것, 물세탁만 할 것과 세제를 넣어 세탁할 것을 구분해 빨았다. 특히 신경 쓴 것은 세탁 후 세탁기 틈새의 고무 패킹 사이사이를 닦아놓는 일. 집주인이 관리하지 않는 세탁기는 고무 패킹 사이에 곰팡이가 피어 있는 일이 흔하다. 욕실 앞 발매트에는 아침저녁으로 타월을 덧대 젖지 않도록 했고, 저녁마다 편히 잠들 수 있도록 향을 피우고 실내화를 교체했다.

당시 우리 집은 방송이나 잡지에 노출된 그대로였다. 촬영이 잡혔다고 해서 무언가를 더하지도 빼지도 않았다. 촬영팀 역시 지금 이대로가 좋다면서 살림에 손을 대지 않았다.

그때의 나는 백조 같은 우아함을 유지하는 내 모습이 좋았다. 우아함을 유지하기 위해 물 아래서 쉬지 않고 물질을 하고 있었다.

나에게 일종의 강박이 있나 의심스러울 때도 있다. 사람들은 침대에도 편한 자리가 있어 늘 같은 자리에서 비슷한 자세로 잠이 든다고 하는데, 나는 침대가 한쪽만 꺼지는 게 싫어 좌우 번갈아가며 자고, 적어도 3개월에 한 번은 매트리스의 방향을 바꾸곤 한다. 토퍼도 한 달에 한 번은 잊지 않고 뒤집어놓는다. 서랍 정리도 마찬가지. 편의점에서 음료를 진열하듯이 그릇과 컵은 닦아서 맨 뒤에 넣어두고, 속옷도 새로 세탁한 것을 뒤쪽에 넣어둔다. 입기 싫은 옷도 너무 오래 그냥 두면 삭기 때문에 일부러 입어서 빨래를 하곤 한다.

베개가 납작해지면 교체하면 되고, 매트리스 스프링이 기울면 새로 사면 그만인데 나는 왜 균형이 잡혀 있어야 마음이 편해지는 걸까. 오래된 옷은 버리면 되고, 식기는 사용할 때마다 닦으면 되는데 왜 고루 사용해야 한다는 강박이 생긴 걸까. 정확히는 모르지만, 아마도 어딘가에서 봤던 것이 각인됐을 거다. 호텔이나 레스토랑에서, 혹은 영화에서 비슷한 장면을 보면서 따라 하기 시작했을 거다.

상황이 이러니 누군가 내 살림을 도울 수도 대신해 줄 수도 없다. 이혼 전에는 집안일을 도와주는 아주머니가 계셨는데, 한 번도 아주머니께 전적으로 맡긴 적이 없다. 해야 할 일의 순서와 요일별 루틴을 적어두고 함께 일을 했다.

강박에 가까운 성향은 종종 불필요한 다툼거리가 되곤 했다. 동주는 집이 편하지 않다고 말하곤 했다. 빈틈없는 살림은 내가 꿈꾸던 완벽한 가정으로 향하는 기본 툴이었는데, 돌이켜 보면 그것이 내 올무가 됐던 것 같다. 잘하려고 애쓰면 애쓸수록 전남편도 모진 말로 내게 상처를 냈고, 결국 이혼에 이르게 됐다.

아들과도 마찰이 생긴 적이 있다. 동천이가 스물일곱 살 때니까 팔 년 전 일이다. 내게 자기 방 청소를 하지 말라고 했다. 이유를 물으니 매일 청소를 하니까 정작 자기는 자기 냄새가 뭔지 모르겠다며 방문을 잠그고 외출했다. 나는 그럴 수가 없었다. 청소에 대한 강박이 극에 달했던 때고, 무엇보다 엄마의 역할이 아들에게서 사라지는 게 싫었다. 결국 몰래 방문을 열고 들어가 청소를 했다. 몰래 들어온 것을 들키지 않으려고 머리를 굴려 조심스럽게 물건을 하나씩 닦고 제자리에 놓아뒀다. 그러나 들켰고, 아들은 폭발했다. 물건을 최대한 흐트러트리는 것이 나를 가장 괴롭게 만드는 일이라고 생각했는지, 온 집 안의 물건들을 꺼내 집을 어지럽혔다. 그러고는 "엄마는 기분이 어때? 난 늘 이런 기분이야"라고 말을 했다. 늘 내 편을 들어주던 아이였기에 충격 또한 컸다.

이혼하고 혼자 살면서 나를 괴롭힌 건 저 두 가지 사건이었다. 나는 특급 호텔 수준의 서비스를 제공해 안식을 주고자 했는데 정작 그는 집이 불편하다며 나갔고, 영국 영화 속 상류 사회 도련님처럼 만들어주고 싶었는데 아들은 지옥 같았다고 했다. 내가 자유로워지려면 청소 강박으로부터 벗어나야겠다고 생각했다. 막 살자, 막 살아야겠다.

이후로 얼마간 플라스틱 통에 담긴 반찬을 통째로 열어놓고 밥을 먹고, 공짜로 얻어 온 알록달록한 수건을 사용했다. 테이블 세팅을 하지 않았고, 발 매트를 교체하지도, 아로마 향을 피우지도 않았다. 표면적으로는 몇 달을 그렇게 했지만 나는 견뎌내지 못하고 있었다. 정돈된 곳에서 가장 안정감을 느끼는 것이 나라고 인정할 수밖에 없었다.

다시 집 안에 아로마 향을 피우고 내 스타일로 세팅도 했다.

이혼 전에는 사람들을 초대할 일이 잦았다. 부부 동반으로 초대를 하면 꼭 싸움이 벌어지곤 했다. 남편들이 집이 너무 예쁘고 상차림이 고급스럽다며 "당신도 이렇게 좀 해봐"라고 말하면, 아내들은 "당신도 돈 많이 벌어 오면 이렇게 해줄게"라며 다퉜다. 나는 두 사람의 말이 모두 상처였다. 돈만 가지고 되는 일이 아닌데, 그동안 내 노력을 무시당하는 것 같아 기운이 빠졌다. 그리고 그 부부들은 절대 나를 자신의 집으로 초대하지 않았다.

가끔은 처음 만나는 사람도 "그렇게 잘 해놓고 산다면서요. 저도 초대해 주세요" 하고 말하곤 했다. 당시에는 내게서 문제점을 찾고 싶지 않았지만, 지금 생각하면 내게 문제가 있었다. 사람들이 우리 집에서 느꼈던 불편함에는 내 바닥에 깔린, 내가 완벽하다는 걸 보여주고 싶은 마음이 작용했던 거다.

요즘은 많은 것을 내려놓고 살려고 한다. 완벽함을 추구했던 살림을 취미의 영역으로 밀어 넣고, 하기 싫으면 2~3일씩 그냥 내버려두는 날이 점점 늘고 있다.
집에 대한 개념도 바뀌고 있다. 내 집이 나는 물론이고 가까운 이들에게도 편안한 공간이 되었으면 좋겠다. 완벽한 세팅이 아니어도 괜찮고, 조금 흐트러져도 괜찮다.

청담동에서 소나타로 대우받는 법

나는 조금 피곤한 스타일이다. 좋아하는 일만 하려고 들고, 관심 없는 일을 억지로 하면 결과물이 형편없다. 아예 집중을 하지 못한다. 반면 좋아하는 일을 할 때는 눈빛이 바뀌고, 낮이 밤이 되고 다시 아침이 되는 걸 깨닫지 못할 때도 있다. 중간이 없는 이 성향을 고쳐보려 노력도 했지만 별다른 효과는 보지 못했다.

대신 나를 위로하고 다독이는 법을 배웠다. 나는 어떤 분야에 한해 능숙하지만 나머지는 대체로 어리숙하고 현실 감각도 살짝 떨어지는 편이다. 놀라운 건 이토록 유별난 성향을 알게 된

게 최근의 일이라는 거다.

TV 예능 프로그램 〈불타는 청춘〉에 출연했을 때였다. 잠을 자고 오는 콘셉트의 촬영이라 짐을 꾸렸는데, 사람들은 예고 없이 나타난 내 모습보다 내가 가져간 어마어마한 가방 크기에 놀랐다. 1박 2일 촬영에 가져간 트렁크가 3개, 그중 2개는 대형 군인용 야전 트렁크였으니. 나만을 위한 물건은 거의 없었다. 테이블보와 냅킨, 치즈, 와인 등 출연자들과 나눠 먹을 음식과 선물로 준비한 트러플 허니가 들어 있었다.

내 물건의 경우 방송 촬영이라고 해서 특별히 더 챙긴 것은 없었다. 편안하게 신을 슬리퍼와 잠옷, 산에 가는 스케줄이 있기에 스니커즈를 챙겼다. 가까운 곳에 계곡이 있다기에 물에 들어갈 때를 대비해 장화를 챙겼고, 언제나처럼 필기구와 성경책을 챙겼다. 언뜻 과하다고 생각할 수 있겠지만 평소 여행 갈 때에 비하면 많이 줄인 거다.

다른 출연진의 짐은 간소했다. 나도 고정 출연자였다면 요령이 생겨 그들처럼 간소하게 짐을 꾸렸을 거다. 1박 2일 동안 진행되는 여행 형식의 버라이어티 촬영은 처음이었고, 겪어보지 못한 상황이기에 요령이 없었다.

〈불타는 청춘〉은 실제로 여행하듯 촬영을 진행했고, 나는 오랜만에 자연을 만끽하며 촬영에 몰입했다. 풍경이 좋은 장소가 나타날 때마다, 안 해본 것들을 할 때마다 아이처럼 큰 소리로 웃으며 반응했다. 쉬는 시간이 되자 몇몇 출연자가 "너무 오버하는 것 아니냐"며 농담을 건넸다. 과장이 아니었다. 나는 원래 감정 표현이 직설적이고 잘 웃고 잘 운다. 영화를 보면서 슬프면 펑펑 울고, 웃기면 배가 땅길 정도로 웃는다. 주인공이 마음에 들면 며칠이고 대사를 따라 하는 모습은 가족들이 다 아는 내 캐릭터다. 다만 그동안 가족과 교회 안에만 머물렀기 때문에 울타리 밖 사람들에게는 들킨 적이 없을 뿐이다.

혼자 살면서 가장 불편한 점 중 하나가 이러한 충돌이다. '소통에 서툰 사람'이라고 내 자신을 포장하지만, 사람들의 눈에는 내 행동 하나하나가 거슬리는 모양이다. 나잇값 못한다, 가식이다 등 듣기 거북한 얘기가 심심찮게 들려온다. 꽤 오랫동안 진지하게 고민했다. 나는 왜 이렇게 관계가 힘들까, 나는 왜 사람들을 유쾌하게 만들지 못할까. 번갈아 내 탓과 남 탓을 하며 하나의 결론에 이르렀다. 경험이 부족하다고.

주기적으로 미디어에 노출됐기 때문에 내가 사회생활을 꽤 오래 한 줄 아는 사람도 많다. 하지만 노출된 횟수는 그리 많지 않으며, 그동안의 방송과 광고, 잡지 촬영은 주로 집에서 이뤄지거나 혼자서 출연하는 경우가 대부분이었다. 가끔 밖에서 촬영하기도 했지만 그때마다 가족과 함께였다. 가족 이외에는 친구도 없고, 가족 이외에는 협업의 경험조차 없었던 거다. 꽤 오랫동안 연예인 가족으로 적당히 노출된 삶을 살아왔지만 나는 사회에 속한 적이 없었다. 실수할 때마다 날카롭게 나를 할퀴는 시선이 두려워 집 안으로 숨었으니 쉰 살이 넘도록 사회생활 경험이 없는 것과 마찬가지였다.

타인을 위해 내 모든 걸 바꾸고 싶지는 않다. 나는 불편한 걸 잘 견디지 못한다. 어른이니까 참아야 하는 상황이라든지, 이 나이에 알아야 하는 당연한 것들에 대한 면역이 없다. 새로운 환경에 놓이면 당황해 식은땀을 흘리고 거칠어져 허둥대기 일쑤다.

이러한 일상의 불안함을 감추기 위해 내가 택한 방식은 내 매뉴얼을 적용시키는 일이다. 자주 가고 싶은 곳이 생기면 두 가지 일을 한다. 한 가지는 그곳의 시스템을 파악하는 일이고, 다른 하나는 내가 요구 사항을 전달했을 때 그들이 기분 나쁘지 않을 타이밍을 잡아내는 것이다. 부탁할 때는 정중하게, 특별한 배려를 받았을 때는 고마움을 표시한다.

매뉴얼이라고 해서 대단한 게 아니다. 이를테면 마사지 숍 매뉴얼은 이렇다. 마사지를 할 때 구멍이 뚫린 부분에 얼굴을 넣고 엎드리면 카펫 바닥이 보이는데, 습관적으로 청소 상태를 체크한다. 만약 바닥 청소가 되어 있지 않다면 숨 쉴 때마다 그 먼지가 내게 들어올 것 같아 마사지를 받는 내내 불편하다. 화장실 타월도 마찬가지. 세면대 옆에 걸린 수건이 청결하지 못하거나 축축한 상태면 마사지 숍에 대한 신뢰가 급격히 떨어진다. 그래서 미리 부탁을 한다. 바닥에 아로마 초를 태워 달라, 화장실 수건을 교체해 달라, 오래 누워 있으면 엉덩이가 배기니 타월을 한 장 더 깔아 달라.
미용실에서는 사용하는 샴푸와 트리트먼트가 어떤 제품인지 확인하고, 음식점을 예약할 때는 매장에 레몬이 있는지 체크하고 없다면 가져가 물에 띄워달라고 부탁한다. 그 공간에 머무는 동안 나를 위한 맞춤 서비스를 제공해 달라고 부탁하는 거다.

매뉴얼을 전달한 후 내 포지션은 까칠하고 까다로운 손님에서 매우 쉬운 단골손님으로 변한다. 서비스란 원래 인간의 욕망을 충족시켜주는 활동인데 서비스의 영역까지 규격화할 필요는 없지 않은가. 마사지 숍이든 미용실이든 음식점이든 나는 늘 예약을 하고 그 시간을 철저히 지킨다. 예약 시간을 변경하는 일도 드물고 보통은 10분 전에 도착한다. 매뉴얼 전달 후에도 서비스가 개선되지 않으면 미리 지불한 금액만큼만 그곳을 이용하고 다시 찾지 않는다.

내 매뉴얼은 친구들 사이에서 '청담동에서 소나타로 대우받는 법'으로 불린다. 고급 차량이 많이 드나드는 청담동 건물은 발레파킹이 기본이다. 나는 처음 주차를 맡길 때 차량과 사람을 매치시켜 기억할 수 있도록 후하게 팁을 드린다. 간혹 초콜릿이나 사탕 같은 주전부리를 가지고 있다면 아낌없이 드린다.

호의는 친절로 돌아온다. 내 차는 언제나 주차장을 벗어나기 좋은 위치에 전면 주차돼 있다. 운전이 서툰 내게는 굉장히 감사한 일. 일을 마칠 시간이 되면 미리 에어컨이나 히터를 켜 차 내 온도를 적절하게 조정해 주기도 한다.

한때는 소나타가 추락한 내 처지 같아서 부끄럽고 창피했는데, 마음을 바꿔 먹었다. 청담동 주차장 맨 앞에 전면 주차되는 혜택을 가진 소나타는 내 차뿐이라고. 좋지 뭐, 멀리서도 잘 보이고.

취미는 배우기, 특기는 그만두기

결핍이 동력이었다. 콤플렉스를 극복하는 방법은 학습. 평생 무언가를 배워 기초 지식을 습득하는 데 많은 돈과 시간을 썼다. 과거에는 아이들 교육을 위해 '가정을 명문가로 만드는 프로젝트'에 필요한 과정이 대부분이었다면, 지금은 '내가 더 재미있게 살기' 위해 내가 하고 싶은 것과 못 해본 것들을 배운다.

혼자 살게 됐을 때 마음을 추스르고 처음 시작한 운동은 탁구였다. 당시의 나는 체중이 많이 빠지고 체력도 바닥이었다. 운

동이 필요하다는 걸 알면서도 워낙 운동하기를 싫어해 머리로
만 '해야지' 생각하고 있을 때였다. 당시 지내던 오피스텔 창문
너머로 길 건너편 건물이 보였는데, 유리창에 그려진 탁구 라
켓을 발견했다. 걸어서 갈 수 있는 곳이니 성실하게 할 수 있을
것 같아 탁구를 시작하게 된 거다.

처음에는 낯설었지만 한 달이 지나자 사람들과 꽤 가까워졌
다. 사람들은 친절했다. 탁구를 처음 쳐보는 나를 배려해 주고,
먹을 것도 많이 챙겨주시곤 했다. 하지만 탁구는 생각보다 격
렬한 운동이었다. 공은 둥글고 테이블은 좁았으며 나는 뻣뻣
했다. 탁구공이 그렇게 가볍게 튕긴다는 사실도 처음 알았다.
그리고 무엇보다 탁구복은 예쁘지 않았다. 레슨 첫날부터 그
만둬야 할 핑계를 열심히 찾았다.

결국 탁구를 배우며 '격렬한 운동은 나와 궁합이 썩 좋지 못하
다'는 사실을 다시금 확인했다. 오래 지나지 않아 탁구를 그만
뒀다. 지금 내게 남겨진 탁구의 추억은 오랜만에 하는 운동이
라 비싼 탁구 라켓을 구입했고, 탁구복을 고르는 데 많은 시간
을 할애했으며, 탁구 동호회 사람들과 나눔 봉사를 함께한 내
용이 〈휴먼다큐 사람이 좋다〉에 방영된 것이 전부다.

발레는 달랐다. 발레를 시작하게 된 것은 옷 때문이다. 발레복인 튜튜 스커트와 토슈즈가 예뻤다. 발레 레슨을 받기 전에도 발레리나처럼 스타일링 하는 걸 좋아했었다. 레슨을 받기로 결정하고 동대문시장을 몇 바퀴씩 돌아 레오타드 랩 스커트, 튜튜 스커트, 타이츠 등 발레복을 여러 벌 사다가 내 스타일대로 리폼했다. 복장 때문인지 탁구와 달리 발레는 꽤 재미있었다. 선생님은 내게 자세가 좋다고 했다. 57세에 처음 발레를 시작한 나는 '발레 신동' 소리까지 듣자 더욱 자신감이 붙었다.

하지만 레슨이 거듭될수록 고민이 깊어졌다. 넘어야 할 산이 너무 많았다. 예를 들어 제테는 두 다리를 수평으로 포개 무릎을 반만 굽힌 자세인 플리에로 시작해 한쪽 다리를 옆으로 던지며 땅을 밀듯이 점프했다가 착지해야 하는 동작인데, 점프한 다리로 착지하고 반대쪽 발바닥을 착지한 다리 발목 뒤쪽에 붙여 마무리해야 한다. 플리에 자세만 취해도 다리가 부들부들 떨리는데, 점프하면서 다리를 던지고 착지하면서 한 발로 서는 것은 거의 불가능에 가까웠다. 레슨이 거듭될수록 넘어야 할 산이 벽처럼 느껴졌다. 근력이 없고 유연성만 있는 내가 유일하게 잘하는 건 폼롤러로 다리 찢기였다. 고로 집 창문틀 아래 발레 바를 만들 정도로 열정적으로 시작했으나, 발끝으로 서는 것이 겨우 가능해졌을 즈음 발레를 놔줘야 했다. 레슨은 정확히 10회를 받았다.

발레와 나 사이의 넘을 수 없는 벽을 실감한 다음에는 조금 쉬운 라인 댄스로 눈을 돌렸다. 라인 댄스는 여러 사람이 줄을 지어 음악에 맞춰 춤을 추는 모습이 시의 운율처럼 느껴져 매력적이었다. 간단한 동작을 반복하면 되기 때문에 뻣뻣한 나도 쉽게 따라 할 수 있을 것 같았다.

라인 댄스를 배우기 위해 백화점 문화센터를 찾았다. 배우고 싶은 건 많은데, 레슨비가 부담스러워 문화센터를 택한 거다. 같이 강좌를 듣는 분들은 내게 친절했다. 처음에는 살짝 경계하는 것처럼 보였으나, 몸치 특유의 허술함을 들키고 나자 관계가 한결 편해졌다. 실력에 비해 화려한 나의 옷과 신발, 액세서리는 좋은 대화 소재가 되곤 했다. 그러나 라인 댄스 수업에도 오래 나가지 못했다. 수강생이 많으니 내 단점이 더욱 도드라졌다. 나는 왜 따라갈 수 없는 걸까. 자신감을 잃었고, 빠르게 흥미도 잃었다.

오래 지속할 수 있는 취미를 찾아 성악 레슨도 받았다. 아이들이 어렸을 때 피아노 레슨을 시켜주면서 곁에서 클래식을 많이 들었다. 내가 유행가보다 클래식 음악을 좋아한다는 걸 알았고, 청소할 때도 배경 음악은 클래식일 정도로 오랫동안 좋아했는데 정식으로 배울 기회가 없었다. 그리고 마침내 기회가 온 거다.

호흡법, 발성법, 시선 처리와 모션 등을 배우며 오래된 마음속 멍울이 엷어지는 걸 느꼈다. 어쩌면 성악 레슨이라기보다 한풀이 시간이었던 것 같기도 하다. 성악은 학창 시절의 몇 곡을 처음부터 끝까지 부를 수 있게 됐을 때까지 지속했다. 배우면서 학창 시절 음악 시간에 들었던 곡들이 떠올라 기분이 좋았다. 처음엔 체력이 약해 의자에 앉아서 레슨을 받았는데, 복식 호흡을 하다 보니 나중에는 코어 운동을 한 것처럼 배 힘이 좋아지고 호흡도 길어졌다.

성악에서 벨칸토는 마이크 없이도 소리가 멀리까지 전달되도록 울림을 낼 수 있는 발성법이고, 마스케라는 소리를 앞으로 붙여서 내는 창법, 아포지오는 소리를 지탱하는 창법이다. 성량이 풍부하고 전달력이 좋은 가수들이 보통 이런 성악에 기초해 노래한다고 한다.

성악 레슨은 내가 노래에 관심을 갖게 하는 계기가 됐다. 당시 나는 노래방에 가면 아는 가요가 하나도 없었다. 30년 넘게 찬송가만 불렀으니 당연한 일이다. 성악 레슨을 그만둔 후에는 노래방에 가기 위한 셀프 프로젝트를 시작했다. 유튜브로 노래를 검색해 마음에 드는 노래를 발견하면 반복해 들으며 따라 불렀다. 내가 혼자 있을 때 노래를 즐겨 부른다고 하니 동주와 팬이 가정용 노래방 마이크를 선물해 줬고, 기분 좋아진 나는 종이에 가사를 적어놓고 외울 때까지 무한 반복해 노래를 불렀다.

골프에도 도전한 적이 있다. 골프 레슨을 받기로 결정하고, TV 채널을 골프 방송에 고정시켜뒀다. 남들은 골프 레슨으로 기본기를 익히고 수백 개의 공을 치며 연습에 매진할 때 나는 골프복과 골프화, 장갑 등 복장을 정비했다. 필드 나갈 때 머리에 장식할 리본 핀도 색깔별로 구입했다. 오래전에 해외 골프 경기에서 본 적이 있는데, 여자 골퍼들이 머리에 커다란 리본을 장식한 게 인상적이었기 때문이다. 드라이버 샷 거리나 그린 위에 공을 올리는 스킬 같은 건 관심이 없었다. 단지 스윙 자세가 예뻤으면 했다. 그러나 필드에 나가보니 볕이 너무 강해 피부가 쪼그라들 것 같았다. 피부를 포기할 순 없었다. 골프에서 가장 중요한 것은 균형이라고 하는데, 난 이미 균형을 잃었다. 준비하는 데 들인 시간의 반만큼도 골프에 투자하지 못하고 그만뒀다. 어쩌면 그린에 어울리는 리본 장식이 하고 싶어 골프를 시작했는지도 모른다고 생각했다.

자이브 개인 레슨을 7번 받고, 스윙 댄스도 5번 받았다. 피트니스 클럽에서 설운도의 〈삼바의 여인〉, 김완선의 〈이젠 잊기로 해요〉, 홍진영의 〈잘가라〉에 맞춰 에어로빅도 배우고 요가도 배웠다. 언제나처럼 완벽하게 세팅하고 레슨에 임했으나 제대로 한 건 없다. 다양한 강습을 통해 몸을 사용하는 법을 배웠지만, 노래방에서 추임새 넣는 것조차 쉽지 않은 수준에 머물렀다. 내 안에 흥은 넘쳐 강처럼 흐르는데, 몸은 리듬을 전혀 타지 못한다. 하여 나는 이 모든 시행착오를 뻣뻣한 몸을 고쳐보기 위한 일종의 민간 요법이었던 걸로 치기로 했다.

배우는 데 사용한 돈과 시간을 아까워하지 않으려고 "나에겐 어울리지 않았어"라고 되뇌곤 한다.

취미가 사라지고 취향만 강해지는 것이 나이 드는 과정이라고 한다. 취향만 강했던 내게 다양한 취미가 생겼으니 회춘한 거라고 쳐야겠다.

수확도 있었다. 배움의 잔여분은 활용도가 꽤 높다. 전문가가 되지는 못했지만 다양한 분야의 애티튜드를 익힌 나는 삶이 훨씬 풍요로워졌다. 배움의 마지막 단계는 공연이었다. 교육을 마무리하는 차원에서 수강생들끼리 하는 공연은 실력이 들쑥날쑥해 조화롭지 못했지만, 공연에 임하는 태도는 진지하고 분위기는 화기애애하다.

성악 레슨을 마치고 공연을 하며 이제 내게도 〈울게 하소서〉, 〈오 솔레 미오〉, 〈산타 루치아〉, 〈강 건너 봄이 오듯〉, 〈그 집 앞〉 등 클래식 레퍼토리가 생겼음이 기뻤다.

노래를 부르는 취미는 나만의 뇌 운동 요법이기도 하다. 부쩍 기억력이 떨어져 메모에 의지해야 하는 때가 많았는데, 노래

가사를 외우며 많이 좋아졌다. 치매 예방 차원에서 노래 가사 외우는 일은 평생 멈추지 않을 것 같다.

발레를 통해서는 힘들어도 표정은 전혀 동요하지 않는 당당함을 배웠다. 고개를 들고 내 자신을 살짝 밀어내듯 걸으라던 선생님의 말씀이 아직도 잊히질 않는다. 발레 공연을 읽는 눈이 생겼고, 누군가와 대화할 때 발레가 소재로 등장한다면 한두 마디는 거들 수 있을 만큼 발레에 대한 지식도 늘었다. 발레는 그만뒀지만 예술의전당에서 유니버설발레단의 공연을 관람한다. 나의 발레 사랑도 여전하다. 그리고 지젤 의상도 합당한 핑계로 '득템' 했다.

골프를 치면서는 그라운드 매너를 익혔다. 그린에서 느낀 퍼터의 짜릿함, 홀컵에 들어가는 청량한 소리는 잊지 못한다. 골프는 못 치지만 골프복 코디는 최고로 해낼 자신이 있다.

잘하면 좋았겠지만, 애초에 새로운 재능을 발견해 전문가가 되겠다는 야망으로 시작한 일들이 아니었다. '프로 느낌이 나도록 몸 쓰는 법을 익히는 것'이 목표였다. 하여 나는 아주 적응하기 어려운 몇 가지를 제외하곤 배움의 과정을 사진으로 담왔다. 사진 촬영은 나만의 졸업 의식 같은 거다. 사진 속에서 나는 발레리나, 성악가, 프로 골퍼 등을 연기했다.

휴대폰에 저장된 사진들을 들추며 생각했다. 어쩌면 나는 지금 연기가 하고 싶은지도 모른다고. 이렇게 숨어서 홀로 역할극을 하며 만족하는 게 아니라 대중 앞에서 제대로 된 연기를 보여주고 싶어 하는 것인지도 모른다고. 내게 배움은 그렇게 누군가가 나를 발견해 주길 기다리고 있는 시간이 아니었을까.

배우는 과정 외에도 나는 삶의 모든 과정을 사진과 동영상, 글로 남기는 중이다. 집에서 혼자 노래하고 춤추고, 옷과 액세서리를 다 꺼내놓고 패션쇼를 하고, 바느질을 하거나 노트 정리를 하는, 누구도 나를 주목하지 않는 순간의 내가 기록으로 남아 있다. 서정희가 이렇게 살아왔구나 하고 감탄할 내용도 있지만, 뭐 이런 것까지 남겨두나 싶을 만큼 소소하고 잡스러운 것도 많다.

내가 죽은 후 누군가 나에 관한 다큐멘터리를 만들기를 바라는 마음에서 시작한 일이었는데, 생각해 보니 연기가 하고 싶

은 것 같다. 캐스팅되지 않아도 괜찮다. 내 인생 최고의 작품이
나 자신이라고, 스스로를 다독이고 응원하는 시간만으로도 충
분히 가치 있다.

그럼에도 불구하고 발레가 좋다

오늘도 발레 연습 중이겠네?

며칠 전 통화할 때 보니 걱정을 많이 하는 것 같아서 마음에 걸렸어. 발레는 어릴 때부터 해도 제대로 몸을 쓰기가 힘들다는데, 엄마는 몸이 너무 약해져서 운동 삼아 시작한 게 몸이 안 따라주니 얼마나 속상할까 생각했어. 내가 엄마여도 막막하고 답답할 거야. 그래도 그만두지 마. 50대 중반에 새로운 취미, 그것도 엄마가 오랫동안 배우고 싶었던 걸 연습한다는 게 얼마나 멋진 일이야. 엄마가 보내주는 사진을 매일 보면서도 나는 믿기지 않는데. 엄만 정말 멋있는 사람이야.

좀 더 잘하고 싶고 하루빨리 완벽하게 해내고 싶겠지만, 그것보다 중요한 건 엄마가 새로운 것에 도전하는 모습이라고 생각해. 평생 수련한 사람이나 어린 친구들에 비하면 부족하겠지만, 엄마에게 엄청난 일이 스스로의 의지로 일어나고 있다는 것에 의미를 두길 바라. 자신감 떨어지고 자존감이 낮아질 때가 있더라도 언젠가 즐기면서 할 수 있는 날이 올 거야.

엄마의 가장 큰 장점은 성실함이잖아. 엄마의 무기를 잘 활용해 봐. 예전에 엄마가 보내준 지젤 연습 영상을 보면서 눈물이 났어. 지젤은 죽어서도 사랑하는 사람을 위해 순정을 바치는 여자잖아. 이젠 지젤처럼 살던 지난날을 잊고 엄마만 생각하면 좋겠어.

언젠가 발레 레슨을 마치고 나오니 동주에게 메시지가 와 있었다. 동주가 보내준 레그 워머를 보며 소리를 지를 만큼 기뻤지만, 얼마 지나지 않아 난 발레를 그만뒀다.

발레를 익히는 데는 시간이 필요했다. 아무리 연습해도 짧은 시간에 정확한 동작을 해낼 수 없었고, 고통이 동반됐다. 내 몸과 뼈마디들은 이미 뻣뻣하게 굳어 있었다. 그럼에도 발레를 놓고 싶지 않았다. 오랫동안 동경해 왔던 일을 실천하면서 나의 버킷 리스트들을 실행한다는 데에도 의미가 있었다. 하지만 발레를 지속하려면 포기해야 할 것이 너무 많았다. 발레와 친해지기 위해서는 많은 시간과 체력이 필요했는데, 체력마저 받쳐주지 않았다. 당시 나의 체중은 겨우 37kg. 가만히 앉아 글을 쓰는 것만으로도 버거울 때였다.

발레를 배우기 훨씬 전에 이미 토슈즈를 구입했었다. 그냥 예뻐서 샀다. 토슈즈를 구입하고 너무 기분이 좋아 콧노래를 부르며 집에 온 날이 아직도 기억난다. 토슈즈를 신고 집 안을 돌아다녔고, 이사도라 던컨이 된 양 사뿐히 뛰기도 했다. 그리고 구멍이 날 때까지 실내화 대신 집에서 신고 다녔었다.

한참 시간이 지나 발레 레슨을 받기로 결심하고 학원을 알아볼 때는 이 나이에 발레를 시작한다는 것이 부끄러워 전화를 걸어 "나이 많은 딸이 배우고 싶다는데 가능할까요?" 하고 묻기도 했다. 거금을 들여 개인 레슨을 끊었고, 튜튜 스커트와 레오타드를 구입하고는 몸에 밀착되는 의상이 부담스러워 선물을 받았다고 둘러대버렸다.

발레를 할 수 없음을 본능적으로 알아챘지만, 그 과정이 좋았다. 동작을 연습하며 이마에 땀이 송골송골 맺히는 순간, 거울 속에 비친 내 모습이 너무도 좋았다. 하지만 레슨은 10번밖에 못 받았다. 지속하기에는 레슨비가 너무 비쌌고, 몸이 따라주질 않았다. 뻣뻣한 어깨와 구부정한 허리가 반듯해졌다는 데 의의를 두기로 했다.

발레 레슨은 내게 토슈즈와 튜튜 스커트를 남겼고, 발레 용어와 관련 지식을 남겼다. 웬만한 발레 공연, 발레리나와 발레리노의 전기 영화도 섭렵했다. 꽤 오랫동안 집에서 하루 종일 발레 음악을 듣기도 했다.

발레에 관한 얘기라면 누구에게도 뒤지지 않을 만큼 이론을 마스터한 것, 딱 그만큼인 줄 알았는데 기적처럼 TV 프로그램에 섭외가 됐다. 〈발레교습소 백조클럽〉은 발레를 통해 진정한 자신을 찾는 '발레 힐링 예능 프로그램'이었다. 미운 오리 새끼에서 백조로 거듭나는 과정을 통해 인생이라는 무대 위에서 꿈을 잃어버린 이들에게 희망을 주자는 것이 프로그램 기획 취지였다. 내 얘기 같았다. 백조가 될 내 모습을 상상하며 발레복을 새로 준비했다.

하지만 두 번의 파일럿 방송만 녹화하고 나는 그야말로 짤.렸.다. 프로그램은 정규 방송으로 편성됐고, 나는 제외됐다. 사실 두 번의 녹화 후 작은 갈등이 있었다. 먼저 다른 출연자들과 나는 나이 차이가 너무 컸다. 출연자 중에는 무용을 전공한 20대의 아이돌 그룹 멤버도 있었는데, 실력 차까지 크다 보니 도저히 따라갈 재간이 없었다. 게다가 나는 체력까지 부족했으니 그 두 번의 녹화가 얼마나 버거웠겠는가. 프로그램의 정체성도 모호했다. 발레 오디션도 아니고 입문자들을 대상으로 한 성장기도 아니었다. 결국 나는 꿔다놓은 보릿자루처럼 있다가 자존심만 상하고 잘린 거다.

예능 프로그램 하나로 내가 백조가 될 거라고 기대하지는 않았다. 나의 준비는 욕심에 비해 부족했고 정신력과 체력도 턱없이 부족했음을 인정하기로 했다. 어쩌면 나는 발레를 소재로

하는 예능 프로그램을 일종의 사회 적응 능력 테스트라고 생
각했는지도 모른다. 그래서 시작부터 내게 불리함을 직감했고,
녹화를 진행하면서 역전될 수 없는 관계에 놓여 있음을 인식했
음에도 꼭 제대로 된 마무리를 짓고 싶었다.

우승을 꿈꾼 게 아니다. 사회로 재진입하는 통로라 여겼기에
꼴찌를 하더라도 완주하는 게 무엇보다 중요했다. 하지만 아
쉽게도 레벨 테스트를 통과하지 못했다.

잠시 동안 억울했지만 나는 여전히 발레를 사랑한다. 한 번의
테스트로 포기하기엔 발레를 향한 마음이 너무 오래되고 깊으
니까.

시시한 할머니가 되지 않으려고

●

●

●

●

정형외과에서 쓰는 다리 교정용 벨트로 다리를 묶고 책을 읽다가 부엌 쪽을 보니 낮에 사 온 오이가 눈에 띄었다. 자리에서 일어나 콩콩 뛰어 오이가 있는 곳으로 향했다. 선반 아래에는 율무 가루와 콩가루, 녹두 가루가 나란히 놓여 있었다. 오이와 율무 가루를 두고 고민했다. 오늘은 어떤 걸로 할까.

율무 가루는 우유에 개기만 하면 되고, 오이는 강판에 갈아야 한다. 농도만 잘 맞추면 율무 가루는 흐를 일이 없고, 오이는 목이며 이마로 줄줄 흐르는 물을 연신 닦아내야 할 거다. 아, 마사지 얘기다. 왜 피부에 좋은 건 이토록 번거로운 걸까.

2016년 말, 인스타그램 계정을 만들었다. 업로드하는 콘텐츠는 내가 좋아하는 것과 잘하는 것들. 혼자 놀기의 달인이 집에서 혼자 노는 법, 장르를 가리지 않고 호기심이 많은 내가 심취했던 취미 생활, 예쁘게 찍힌 사진, 뒤늦게 사회로 한 걸음 나아가 사람들과 어울리는 모습 등이 대부분이다.

사람들 앞에 나선다는 건 내겐 큰 용기였다. 악플 밭이 되지 않을까 우려했던 것과 달리 댓글은 오랫동안 지켜봐주던 팬들의 격려가 대다수다. 물론 죽자고 덤비는 악플러가 없는 건 아니지만, 몇 년 사이 내가 많이 밝아졌듯이 댓글 창도 뽀송뽀송해졌다. 댓글에는 살림 비법을 공유해 달라는 요청이 많다.

살림 비법 못지않게 궁금해하는 것은 피부와 몸매 관리법이다. 고백컨대 나는 마사지 받는 걸 좋아하지만 자주 받을 수는 없다. 살이 찌는 걸 경계하지만 맛있는 것을 먹지 않고 참는다거나 땀 흘려 운동하지도 않는다. 피부의 시간을 멈추고 싶지만 피부과 시술은 꺼려지고, 베개에 묻는 게 싫어 잠들기 전에 영양 크림조차 바르지 않는다.

그렇다면 어떻게 이 나이에 이 피부 상태를 유지하느냐고? 전문가가 아니기에 과학적으로 설명할 순 없지만, 매일 꾸준히 관리해 온 노력의 산물이라는 점은 자신 있게 말할 수 있다. 나는 지난 40여 년 동안 하루도 빼먹지 않고 팩을 하고 샤워하면서 마사지를 해왔다.

운 좋게도 내 살결은 희고 보드라운 편이다. 형제자매가 모두 그런 걸 보면 유전적인 영향일 것이다. 하지만 트러블이 잦다. 영양 크림을 과하게 바르면 여지없이 다음 날 뾰루지가 올라오고, 몸의 열이 얼굴로 올라와 한동안 트러블에 시달리기도 했다.

숍에서 메이크업을 받은 후 화장독으로 고생한 적도 더러 있다. 몇 번의 시행착오 끝에 깨달은 건 내 피부를 지키려면 내가 내 피부에 대해 알아야 한다는 것이다. 홈 케어가 뒷받침되지 않으면 결코 내 피부를 지킬 수 없다. 성형외과나 피부과에 다니는 것만이 능사는 아니다.

'내추럴 본 따라쟁이'인 나는 전문가가 알려주는 미용 팁을 따라 한 적이 많다. 스킨은 두드리면서 발라야 피부 탄력이 좋아지고 흡수율이 높아진다기에 그리 해봤다. 기분 탓일까. 당장이라도 탄력이 생길 것 같았다. 그러나 피부에 자극이 됐던 건지 다음 날 홍조가 올라왔고, 며칠 동안 지속됐다. 이후로는 절대 스킨을 두드려 바르지 않는다. 3중 세안이 좋다기에 세 번씩 박박 닦았더니 외려 트러블이 올라온 적도 있다. 메이크업을 짙게 하는 경우가 아니라면 굳이 3중 세안은 필요 없는 것 같다. 전용 리무버조차 사용하지 않고, 비누나 클렌징 폼으로 한 번만 세안한다. 덜 닦여 피부에 메이크업 잔여물이 남아 있더라도 그대로 둔 채 스킨을 바르곤 한다. 여기저기서 받은 화장품 샘플을 사용하다가 트러블이 심해져 피부과 신세를 진 적도 있다. '나는 피부가 좋은 사람이야. 피부는 타고났으니까 아무거나 써도 좋을 거야'라고 방심했던 거다. 피부과를 다녀도 쉽게 나아지지 않았고, 결국 화장품 값의 몇 배를 치른 후에야 정상으로 돌아왔다. 더 우울한 건 그 이후로 민감성 피부가 돼버렸다는 것. 이 사건 이후 홈 케어에 더욱 집중하게 됐다.

지금은 일할 때 헤어를 맡기는 숍이 있지만, 예전에는 늘 셀프 스타일링을 해왔다. 구루프 등 장비는 미용실을 방불케 했다.

굵기별로 헤어 롤이 있었고, 용도별로 다른 종류의 아이론도 구비해 놨었다. 내 모발 상태에 맞는 샴푸와 트리트먼트를 찾기 위해 수많은 시행착오를 겪었고, 아무리 귀찮아도 일주일에 한 번은 머리에 팩을 쓰고 30~40분씩 견디곤 했다. 머리를 말리는 순서가 따로 있고, 레귤러로 사용하는 샴푸와 염색 후 사용하는 샴푸, 두피 딥 클렌징을 위한 샴푸가 다 따로 있다. 트리트먼트 역시 제형별로 다양하게 사용한다.

그렇게 복잡하게 살아서 얻은 게 뭐냐고? 수시로 염색을 하면서도 머리숱이 많고 건강해 이 나이에 생머리를 할 수 있다는 거! 그것만으로 만족한다.

샤워할 때는 아침과 저녁에 사용하는 비누 종류가 다르다. 스크럽을 사용한 뒤에는 꼭 보디에도 컨디셔너를 사용하고 보디 크림으로 마무리한다. 그 결과 나는 얼굴보다 안 보이는 곳에 더 자부심을 갖게 됐다.

나는 내가 가장 잘 안다. 좋은 시선으로 보면 확고한 취향이고 삐딱하게 보자면 유난인 거다.

반면 화장품은 매우 단출해서 화장대가 아예 없다. 스킨과 앰

풀 그리고 몇 개의 색조 화장품이 전부다. 스킨, 앰풀, 세럼, 에센스, 로션, 아이 크림, 수분 크림, 영양 크림 등 기초 화장품 바르는 순서가 있다고 하는데 나는 그 순서를 지켜본 적이 없다. 사실 아무리 좋은 화장품도 어느 정도 스며들고 난 후에는 덧바르면 겉돌 게 마련이다. 각종 기초 화장품을 순서대로 바르고 영양 크림으로 번들번들하게 마무리한 다음에야 안심이 되는 사람도 있을 것이다. 그러나 비싼 영양 크림의 흡수율이 내 얼굴보다 베갯잇의 지분이 훨씬 높다는 걸 알기에 나는 가볍게 바르는 편이다. 대신 화장품 바르기 전 단계를 철저히 지킨다. 각질 케어와 수분 케어는 물론이고 하루도 빼먹지 않고 마스크 팩을 한다.

지금까지 다양한 곡물과 채소, 과일을 갈아 얹어본 결과 미백과 보습에 가장 효과적인 것은 오이다. 팩을 할 때마다 물이 줄줄 흘러내리는 게 싫기도 하고 요즘은 게을러져서 기성품으로 대체하기도 한다.

흑설탕 스크럽은 직접 만들어 사용한다. 흑설탕과 물을 5:1 비율로 넣고 1:1이 될 때까지 졸이는데, 농도를 맞추는 게 여간

까다로운 게 아니다. 불 조절에 실패해 끓어 넘치는 바람에 다 버리고 20%도 건지지 못한 적도 있다. 응용도 가능하다. 홍삼 진액을 먹고 난 후 병에 붙어 있는 것이 아깝다면, 흑설탕 스크럽을 만들 때 병을 부신 물을 함께 넣는다. 사포닌이 피부에 좋다는 것은 누구나 아는 사실. 은은하게 풍기는 홍삼 향 덕에 홍삼을 바른 기분이 들기도 하지만 피부가 좋아지는데 향쯤이야 참을 수 있다.

오래된 밀가루는 미백 효과가 있다. 칙칙한 안색을 케어하고 싶은데 집에 아무 재료도 없을 땐 물에 밀가루를 개어 적당한 농도로 만든 후 사용하면 단시간 내에 얼굴이 환해진다.

나는 사람을 볼 때 손톱과 발뒤꿈치 등을 유심히 살피곤 한다. 그러면 그 사람이 자기 관리를 잘하는 사람인지가 보인다.

손발 케어도 얼굴만큼이나 중요하다. 바셀린이나 유통 기한이 다 된 크림, 샘플로 받은 화장품 등 빨리 소비해야 하는 화장품을 손에 듬뿍 바른 다음 일회용 비닐장갑을 끼고 3~5분 정도 기다린다. 비닐장갑이 화장품의 흡수율을 높이는데, 가만히 있지 못하는 나는 스마트폰이라도 만질 요량으로 끼기 전에 장갑의 손가락 끝을 잘라낸다. 웃긴 얘기지만, 그렇게 손 관리를 열심히 하면서도 설거지를 하거나 청소를 할 때는 고무장갑을 끼지 않는다. 깨지면 곤란한 그릇과 혹시라도 떨어트려 고장 나면 곤란한 물건이 많기 때문이다. 그릇과 인테리어 소품을 좋아하는 이라면 이해할 것이다. 때론 내 손보다 그 물건들이 더 소중하다는 것을. 그럼에도 불구하고 아직 살결이 보드라운 것을 보면 가끔 하는 비닐장갑 손 케어법이 효과가 있는 것 같다.

발뒤꿈치도 마찬가지다. 사용하지 않는 화장품을 듬뿍 바른 다음 발뒤꿈치에만 랩을 감아두고 3~5분 정도 기다린다. 랩으로 발을 다 씌우는 경우도 있고, 1회용 비닐 팩을 양말처럼 신는 사람도 있는데 답답함을 못 참는 내가 고안해 낸 방법이다. 일주일에 한 번만 이렇게 관리하면 한겨울의 건조함 속에서도 각질이 생기지 않는다.

살이 찌지 않는 이유 중 하나는 틈날 때마다 셀프 마사지를 하기 때문일 거다. 아침저녁으로 샤워를 하면서 비누질을 3번씩 한다. 샤워를 하면서 스크럽도 열심히 하고 백설탕에 보디 비누를 섞어 닦기도 한다. 오래되거나 먹다 남은 토마토나 바나나, 사과 등의 과일은 강판에 갈아 마사지 젤 대용으로 사용하면 좋다. 레몬은 곯기 직전에 반으로 갈라 발뒤꿈치와 무릎에 발라 각질 제거 및 미백제로 활용하는 편이다. 손님이 남기고 간 맥주로 샤워를 해본 적도 있고(실제로 체코에서는 맥주 사우나가 인기다), 복숭아 통조림이 남은 게 아까워 으깨서 온몸에 바르고 있다가 하수구가 막혀 고생한 적도 있다. 엄마 말대로 먹은 것보다 바른 게 더 많은 것 같다.

살이 찌는 원인 중 하나는 체내 순환이 안 좋기 때문이라고 한다. 하여 나는 여러 마사지 숍을 다녀본 후 전문가들의 마사지법을 응용해 나만의 초스피드 5분 마사지법도 개발했다. 손가락 끝에 힘을 주고 온몸을 훑어주는 거다. 림프를 자극해 주고, 종아리를 강하게 눌러 근육을 풀어주기도 한다. 물론 전문가들이 보면 비웃을 수도 있지만, 나는 진지하다.

요즘도 나는 하루에 한 번씩 5분 동안 다리를 묶어둔다. 허벅지와 무릎 사이에 하나, 무릎과 발목 사이에 하나. 남들은 그게 무슨 의미가 있느냐고 하는데, 10년 넘게 지속했더니 나이가 들어서도 곧은 다리 모양을 유지할 수 있게 됐다. 어깨가 말리거나 등이 굽거나 다리가 휘거나, 나이가 들면 다양한 신체 변화가 일어나는데 내 체형을 젊게 유지시켜주는 거다.

써놓고 보니 특별한 비결은 아니다. 누구나 집에서 따라 할 수 있는 일이다. 역시 관건은 얼마나 오래 지속하느냐. 나는 적어도 20년 동안 하루도 빼먹지 않고 매일 반복하면서 내 몸에 기억시키는 훈련을 해왔다. 할머니들처럼 O자 다리가 되고 싶지는 않으니까.

내 방법이 정답이라고 할 수는 없다. 누군가에게는 최악의 레시피일 수도 있다. 하지만 신체의 시간을 늦추고 싶다면 지금부터라도 꾸준히 무언가를 해보길 바란다.
한 가지는 약속할 수 있다. 아름다워지기 위해 자신을 가꾼 시간이 아직 내가 여자라는 것을 확인시켜줄 것이다. 나만 눈치챌 수 있는 변화에 내 감성 지수가 높아지고, 그렇게 삶은 윤택해질 것이다.

자기 안에서 키워진 자신감은 전혀 다른 차원의 아름다움을 만들어내기 마련이다.

외모에 불만이 없겠다고 말하는 사람도 많은데, 나는 내 얼굴이 너무 싫을 때가 있었다. 생김생김에 대한 불만이라기보다 존재에 대한 부정이었을 거다.

가지지 못한 것을 탐할 때도 많았다. 남들처럼 섹시한 다리와 섹시한 피부를 갖고 싶어 기계 태닝을 꽤 여러 번 했다. 기회만 있으면 태닝 오일을 바른 다음 마당에 앉아 다리를 내놓고 있기도 했다. 결과는 처참하게 실패. 투자한 시간과 돈에 비해 지나치게 빨리 원상 복귀되곤 했다.

까무잡잡한 피부를 갖고 싶어 태닝을 했던 것처럼, 앞으로도 나는 탐나는 게 있으면 그게 무엇이든 시도해 볼 생각이다. 그렇게, 시시한 할머니가 되지 않기 위해 노력할 것이다.

내가 글을 쓰는 이유

—

·

·

·

·

이혼 후 극심한 무기력증과 공황 장애에 시달렸다. 우울증이 찾아왔고 죽고 싶은 마음에 골방에 앉아 휴대폰으로 '자살' 같은 단어를 검색하며 스스로 놀라기도 했다. 비극의 주인공이 되고 싶은 건지 슬픈 노래만 듣고, 죽음에 관한 이야기만 찾아 읽었다. 매일 땀범벅이 되도록 울다 지쳐 잠이 들었고, 2년이나 트라우마 치료를 받았다. 심리 치료를 병행하면서 공황 장애 약도 3년 동안 먹었다.

그러면서 깨달았다. 어떤 상처든 아물고 회복되는 데는 물리적인 시간이 필요하다는 것을.

그 시간을 나는 글쓰기에 매달렸다.

베토벤은 악상이 떠오르면 악보로 옮기기 전까지 꽤 오랫동안 머릿속에 악상을 품고 있었다고 한다. 그런 채로 많은 부분을 바꾸고, 어떤 부분은 아예 버리기도 했다고. 스스로 만족할 때까지 정밀한 조각품을 다듬듯 그 과정을 반복하고 나면, 악보에 옮겨 적는 일만 남게 된다고 했다.

내가 글을 쓰는 과정도 비슷하다.

평소에 머릿속에 많은 걸 채워 넣는다. 새로운 것을 하루라도 발견하지 않으면 그날은 죽은 것이라 여길 정도로 잡다하고 새로운 것들을 거침없이 수집한다. 그리고 머릿속에서 취합해 몇 번이고 윤색하는 과정을 거친다. 그다음 종이에 옮겨 적는데, 머릿속에서 보관할 내용과 버릴 내용의 정리가 끝났기 때문에 글 쓰는 속도가 빠른 편이다. 일상에서 글감을 수집하고 머릿속에서 분류한 다음 기록하는 과정, 나는 그 글쓰기의 과정이 좋다.

자주 받는 질문 중 하나는 '왜 글쓰기를 하느냐'는 것이다. 나도 궁금했다, 내가 왜 글쓰기를 하는지. 현명한 답을 내놓기 위해 책을 읽으며 다시 이야기를 수집했다.

어느 신학대학원 교수는 영적 훈련의 하나로 글쓰기를 권했다. 글을 쓰는 동안 마음을 한곳에 집중할 수 있고, 집중하면서 내면의 소용돌이와 만나 생각을 정화할 수 있으며, 그러는 사이 혼란스런 감정을 차분히 정리할 수 있다고. 마음의 뜻을 글로 옮기다 보면 미처 알지 못했던 자신의 내면 깊숙한 곳까지 들어가고, 그곳에서 보물 같은 우물을 만날 수 있다는 것이다. 자신의 우물을 다른 사람들과 나누기 위해서라도 글을 쓰라고 했다.

좀 더 소박해도 괜찮다. 나는 자꾸 잊는 습관 때문에 글을 쓴다. 지금의 감정과 느낌, 생각 같은 것들을 주로 적는다. 습관이 돼 글쓰기가 성숙해지면 이를 통해 세상과 소통할 수도 있을 것이다.

글쓰기는 특별한 이들의 권리가 아니다. 조금 성글더라도 진심을 담은 글은 자신뿐 아니라 남들에게도 유익한 창조적인 수단이 될 수 있다.

하루 일과를 건조하게 써 내려가도 괜찮고, 그날그날의 생각과 감정을 묘사해도 괜찮다. 사회적인 이슈나 즐겨 보는 드라마의 캐릭터, 회사 생활의 고단함이나 반려동물 관찰기, 혹은 영화나 음악 감상평까지 어떤 것이든 소재로 삼아도 괜찮다.

글로 써서 안 되는 것은 없다. 무엇이든 어떤 형식으로든 글로 남겨보면 알게 된다. 가치 없고 무의미하다고 생각했던 일들에 새로운 의미가 생기고, 새롭게 바라보는 마음이 생긴다는 것을.

시작이 어렵다면 생각나는 것들을 때때로 메모해 두는 것도 좋다. 책을 읽다 발췌한 것, 감동적이었던 영화 대사, 누군가와 주고받은 메시지의 일부 등을 적은 메모를 모아서 반복해 읽으며 내 것으로 만들고, 내 의견을 더해 새미로운 글을 쓰는 것부터 시작하면 글쓰기가 한결 쉬워질 것이다.

반복하다 보면 글쓰기 근육이 붙고, 나만의 필살기도 생길 것이다.

영성 작가 루시쇼는 글을 쓸 때 노트북이나 PC로 타이핑하기보다 종이와 펜을 이용해 손으로 쓸 것을 권했다. 머릿속에서 충분히 생각을 정리한 후 차분히 손으로 옮겨 적을 때 본연의 모습이 글에 드러난다고. 옛날 세대이기도 하고, 손으로 무언가를 만드는 것을 좋아하는 나는 노트와 펜을 가지고 다니며 글을 쓰곤 한다. 필기구가 없을 때는 스마트폰 노트 앱에 메모하지만, 집에 돌아와 반드시 종이에 옮겨 적는다.

오랫동안 반복하다 보니 내게 딱 맞는 글쓰기 환경도 찾을 수 있었다. 내가 가장 좋아하는 노트는 줄이 그어진 A5 사이즈 스프링 노트다. 0.7mm의 가는 펜으로 작게 글씨 쓰는 게 좋다. 노안이 와 작은 글자를 읽고 쓰려면 안경을 꼭 껴야 함에도 물러설 수 없는 취향이다.

오래된 종이 냄새가 좋아 헌책방에 가는 걸 좋아한다는 어느 작가의 말처럼 나는 종이와 잉크 냄새가 좋다. 펜이 종이 위를 미끄러지듯 지날 때 결을 따라 잉크가 번지는 모습도 보기 좋다. 옆에는 펜 똥을 닦아낼 폭신한 티슈를 접어놓고, 필통도 놓아둔다. 내가 가장 편안해지는 환경, 한 평도 되지 않는 공간을 이렇게 세팅해 두고 나면 행복감이 밀려온다.

2006년 이 방법으로 새벽 기도와 주일 예배 그리고 개인적인 감상을 적은 글을 묶어 묵상 일기 〈서정희의 주님,〉을 출간했다. 자기 성찰이 포함된다면 개인적인 글쓰기도 기도의 한 형태가 될 수 있다.

카렌 메이스도 '효과적인 기도 일기 쓰는 방법'을 소개한 바 있다. 소리 내어 하는 것만 기도라고 생각해 왔기에 글로 쓰는 기도가 부담스럽다면 카렌 메이스의 방법을 살펴볼 필요가 있다. 그는 "자신의 기분을 토로하는 감정 기도, 일상 중에 어디에서 하나님을 발견했는가를 알아보는 하나님 찾기, 고백과 용서를 통한 영원의 집 청소, 경배와 찬양, 간구, 주님의 말씀을 듣고자 침묵 속에 있기"의 순서를 제시했다.

다소 형식적으로 느껴지겠지만, 신앙인이라면 매일 정해진 시간에 하나님께 일기 형식의 편지를 써볼 것을 권한다.

새벽 기도를 다녀와서 정리하는 게 습관이 되어 있다. 날짜와 요일, 날씨까지 꼼꼼하게 기록한다. 그리고 일단 써 내려간다. 거룩한 체하거나 신학적 용어로 포장하지 않은 채 '쓰는 기도'

는 하나님께 보내는 편지이자 나의 일기장이다. 글쓰기에 관상과 묵상도 포함된다.

글쓰기의 진정한 장점은 나 자신의 내면을 더 깊이 들여다볼 수 있다는 것이다. 성경 연구용 소책자도 여러 권 발간한 바 있다. 그 시작은 내가 기억하고 싶은 것을 적은 메모였고, 그 메모들을 정리해 책으로 엮은 것이다. 만약 누군가 영적 삶에 변화가 필요하다고 느낀다면 나는 글쓰기를 시작하라고 감히 말하고 싶다.

1997년부터 지금까지 꾸준히 스타일 북을 포함해 6권의 책을 계속 펴낼 수 있었던 것은 글쓰기 습관 덕분이다. 글을 쓰고 메모하고 그림을 그리는, 기록의 수집으로 작가가 되고 인테리어 전문가가 됐다. 기록은 아무리 하찮은 것일지라도 오랫동안 누적되면 가치를 갖는다.

오랫동안 써온 나의 메모와 노트는 상자에 잘 보관해 뒀다. 〈서정희의 주님,〉이나 〈정희〉처럼 책으로 출간된 것도 있고, SNS

에 사진으로 찍어 공개한 것도 있지만, 보통은 상자 속에서 머

물고 있다.

요즘은 이것이 내 인생의 가장 큰 소득이 아닐까 생각한다.

2

나를 위한 소나타

난, 혼자 산다

·

·

·

·

눈이 번쩍 떠졌다. 천장을 가만히 바라보다가 용수철처럼 튀어나가 냉장고 문을 열었다. 잘 있구나. 입가에 절로 미소가 지어졌다. 시각적 포만감이란 게 이런 걸까. 갑자기 배부른 기분이 들어 냉장고 문을 닫고 침대로 돌아왔다.

냉장고에는 햄버거 4개가 나란히 놓여 있다. 커다란 종이봉투에 감자튀김도 한 무더기 담겨 있다. 어제 일을 마치고 돌아오는 길에 갑자기 햄버거 생각이 났다. 특별히 배가 고팠던 건 아닌데 햄버거를 떠올리자 미칠 듯이 먹고 싶었다. 아주 구체적으로 브루클린더버거조인트의 브루클린웍스버거가 먹고 싶었다. 종이봉투 위에 그려진 남자처럼 두 손으로 햄버거를 잡고 입가에 케첩을 무치면서 와구와구 씹어 먹고 싶었다. 친구에게 전화해 햄버거 5개만 사다 달라고 부탁했다. 평소 10개씩 주문하다가 5개로 줄인 게 마음에 든 건지 친구는 흔쾌히 알겠다고 했다. 기분이 좋았다.

따끈따끈한 햄버거를 들고 친구가 도착했다. 친구보다 손에 들린 햄버거가 반가워 인사를 하는 둥 마는 둥 햄버거를 받아 들고 부엌으로 향했다. 두툼한 패티 위에 베이컨, 토마토, 양파, 양상추, 치즈를 올린 수제 버거는 항상 기대를 저버리지 않는다. 햄버거를 먹어치우고 나서야 친구에게 고맙다고 인사를 건넸다.

다음 순서는 햄버거 해체 및 재포장 시간이다. 포장을 모두 뜯어 채소를 빼내고 다시 곱게 포장해 냉동실에 넣어뒀다. 나중에 프라이팬을 뜨겁게 달궈 데워 먹을 생각에 내내 신났다. 도토리를 한가득 입속에 저장해 둔 다람쥐처럼 행복해하는 나를 식탁 맞은편에 앉아 멀뚱멀뚱 쳐다보던 친구가 말했다.

"모르는 사람이 보면 뉴욕에서 온 햄버거인 줄 알겠어."

친구의 말에는 괄호가 숨겨져 있다. 햄버거 가게가 집에서 겨우 5분 거리니 먹고 싶을 때마다 나가서 사 먹으라는 질책과 안타까움이 생략돼 있다. 괜찮다, 어차피 햄버거는 저장해 뒀으니까. 굳이 문제를 찾자면 친구에게 전화했을 때 나는 집으로 돌아오는 길이었고, 햄버거가 먹고 싶다고 생각이 든 곳과 집 사이에 햄버거 가게가 있었다는 거다. 이건 귀찮음이나 게으름의 문제가 아니다. 나는 여전히 혼자서는 하지 못하는 일이 많다.

요즘의 나는 남들이 어리고 젊었을 때 했던 일들을 홍역 치르듯 해내느라 24시간이 모자라다. 얼마 전에는 영화 〈쉘부르의 우산〉 재개봉 소식을 들었다. 프랑스 노르망디 지방의 항구 도시 쉘부르에서 우산 가게를 하는 여자 쥬느비에브와 자동차 수리공 기의 풋풋한 첫사랑을 담은 뮤지컬 로맨스. 이미 몇 번을 봤지만 디지털 리마스터링 작업을 거쳐 오리지널 상태로 복원된 영상과 음향이 궁금해 꼭 영화관에서 다시 보고 싶었다. 매일 저녁 〈쉘부르의 우산〉을 보겠다는 결심이 무색하게 개봉한 달이 지난 후에야 사당동 쪽에 있는 예술영화 상영관까지

가야 했다. 함께 영화를 볼 친구를 구하지 못해서다.

〈쉘부르의 우산〉을 못 보게 되면 어쩌나 걱정하다가 문득 동주의 말이 생각났다.

"엄마는 고양이과인 것 같아. 가족이 다 같이 살 때도 혼자 있는 걸 좋아했었어. 엄마가 혼자서 무언가를 하면 방해하지 않으려고 가족들도 조심했던 거 알아? 집에서는 철저히 혼자 있기를 바라면서 집 밖에서 무언가를 혼자 해야 한다고 하면 겁을 내는 것 같아."

용기와는 다른 문제다. 독립적이지 못한 성향을 가진 채로 오랜 시간을 보냈고, 고치려고 노력하지 않았으며 필요성 또한 못 느꼈기 때문에 굳어진 성향이다. 혼자 살면서도 독립적이지 못한 아이러니. 이렇게 브레이크가 걸릴 때마다 한숨이 나온다.

새로운 것을 대할 때마다 익숙해지도록 몇 번이고 같이해 줄 엄마 같은 친구가 필요한지도 모르겠다.

혼자 사는 법을 배우는 중임에도 여전히 혼자 하지 못하는 것들이 있다. 누군가와 함께 있을 때는 자정을 넘겨도 개의치 않는다. 화낼 남편도, 잔소리할 엄마도 없는 완전 자유인이니까.

그런데 집 밖에서 혼자 하는 것들은 자신이 없다. 밥을 먹거나 쇼핑하는 것, 먼 곳으로 드라이브를 다녀오는 것도 혼자서는 해본 적이 없다. 늘 함께할 사람을 찾는다. 집에서 노래를 부르기 시작한 것은 노래방에 가고 싶을 때 함께 가줄 친구가 없어서이고, 집에서 매일 잠들기 전 영화를 보게 된 것은 영화가 보고 싶을 때 함께 가줄 친구가 없어서다. 같이 갈 사람을 찾다가 지쳤다. 익숙한 공간에서 내가 원하는 일을 할 때 가장 편안하면서도 만족도가 높다.

혼자 밥 먹고 영화 보고 여행 가는 것을 목표로 삼았다. 이 세 가지를 해보지 않고서는 '독립'이라는 말을 못 할 것 같다.

나는 혼자 사는 게 좋다. 누군가 내 침대 위에 올라오는 게 싫고, 누군가 내 집에 머물다 가면 청소를 하느라 바쁘다. 집에 있을 때는 혼자 노는 게 좋아 엄마와 딸이 말을 거는 것조차 답하기 귀찮을 때가 있다.

동주의 말대로 나는 혼자 있는 걸 좋아해 절대 재혼도 하지 못할 것 같다. 어차피 혼자 살아가야 하고, 혼자 할 수 있는 일의

범위와 영역을 넓혀 나가야만 한다. 집에서는 혼자 있고 싶어
하고, 집을 벗어나면 혼자 할 수 있는 일이 없고. 이 간극을 극
복하는 날, 진정한 혼자 살기가 시작될 것 같다.

마트에서 혼자 장을 보기까지 1년이 걸렸다. 햄버거를 10개씩
사다 쟁여놓는 습관은 이제 5개로 줄였고, 단팥빵을 20개씩
사다 두는 짓도 그만두었다. 혼자 운전해서 낯선 장소에 가는
것이 두렵지 않게 된 것도 오래 걸렸지만 이제는 자연스럽게
한다.

모든 일이 언젠가는 익숙해지겠지.

인생은 어차피 고기서 고기다

•

•

•

•

미국에 머물 때였다. 개인사가 만천하에 공개된 직후였으니까 친정 식구들은 나를 극진히 챙겼다. 혹시라도 나쁜 선택을 할까 봐 가족들은 순번을 정해 보초를 서듯이 내 곁을 지켰다. 지금 생각해도 웃긴 건, 그 와중에 배가 고팠다는 거다. 앞으로 어떻게 살아가야 하나, 살 수는 있나 막막한 가운데 먹을 것을 주면 쩝쩝대며 먹었다. 나도 이렇게 단순한 내가 싫다.

공교롭게도 지인들이 가지고 있는 나에 대한 강렬한 기억은 모두 먹는 것과 연관이 있다. "예전에 저희 집에 오셨을 때 포도를 드렸는데, 배가 고팠는지 양손으로 포도송이를 잡고 순식간에 드시더라고요." 내 모습이 상상이 된다.

혼자 명절을 보내게 된 나를 안타깝게 여긴 친구가 집으로 초대한 적이 있다. 인원에 맞춰 보리굴비를 한 마리씩 구워놨는데, 내가 식탁에 앉더니 친구가 상을 다 차리기도 전에 소고기뭇국에 보리굴비를 받아 들고는 순식간에 먹어치운 일도 있다. 분주하게 상을 차리다가 뒤를 돌아본 친구가 "내가 너 굴비 안 줬니?" 하고 묻던 그날의 친구 눈빛이 기억난다.

고기를 먹고 나서 냉면을 주문할 때 맛보기 냉면을 시킨 일로 실랑이를 한 적도 있다. 먹다가 남기더라도 난 온전한 냉면이 먹고 싶었다. 굳이 냉면이 귀여울 필요가 있나.

백미당 아이스크림 가게에서도 그랬다. 친구가 안 먹는다기에 소프트 아이스크림 두 개를 주문해 혼자서 양손에 하나씩 들고 먹었다. 그런 내 모습을 보고 어이없다고 웃던 친구도 생각난다. 친구 기준에서는 두 개를 주문했으니 하나씩 나눠 먹는 게 당연했고, 내 기준에서는 내가 주문한 아이스크림을 내가 먹는 게 당연했다.

화룡점정은 온 가족의 보호를 받던 시절, 애틀란타 조지아에 있는 언니 집에서 벌어졌다. 조카들과 함께 대형 마트에 가서 일주일치 식량을 샀다. 예전부터 장을 보면 가족 먹거리와 내 간식을 분류하는 습관이 있던 나는 당연히 내 방식대로 장을 봤다. 언니 집에는 내 냉장고가 없으니 내 간식을 넣어 둘 곳이 필요했다. 요주의 인물은 어린 조카들. 냉동실을 열어 꽝꽝 언 고기 팩 아래 내 아이스크림을 숨겨놨다. 가족 공통의 주전부리거리도 많이 사 왔기 때문에 내 간식의 안위에 대한 걱정은 전혀 하지 않았다. 우연히 냉동실 문을 연 조카가 엄폐에 실패한 아이스크림 봉지의 끄트머리를 발견했고, 제멋대로 먹어버린 거다. 조카에게 짜증을 냈다. "다 뺏기고 아무것도 안 남은 내게서 그것마저 가져가야만 속이 시원했느냐!" 김래원처럼 명치 끝에서 한을 끌어올려 화를 내자 당황한 조카는 이후 며칠 동안 내게 말을 걸지 않았다. 물론 말을 걸어도 답하지 않을 생각이었다.

안에서 새는 바가지가 밖에서라고 안 샐 리 없다. 〈사람이 좋다〉 촬영 때 피디가 깜짝 놀란 사건이 있다. 내 침대 아래서 빈

과자 봉지가 끝도 없이 나왔던 거다. 청소가 취미이자 특기인 내가 눈에 안 띄는 곳이라고 침대 바닥 청소를 빼먹었겠는가. 모두 전날 밤에 혼자 먹은 것들의 잔해였다.

팔순에 가까운 엄마는 미국에서 오실 때면 내게 먹이려고 늘 코스트코에서 산 커다란 초콜릿 상자를 가져오신다. 한국 마트에서도 파는 거라고 아무리 말해도 소용이 없다. 그걸 직접 당신 손으로 전해 줘야 마음이 편하신 것 같다. 딸이 한국에 오면 가장 먼저 집 근처 편의점에 가서 내가 먹을 과자를 고르는 일도 관례처럼 돼 있다. 미국으로 돌아갈 때도 과자를 박스로 주문해 주곤 한다. 흔치 않은 풍경인 건 확실하다.

식탐이 얼마나 심한지 몇몇은 내게 유튜브로 먹방을 권하기도 했다. 물론 편식이 심해서 할 수도 없지만. 게다가 조회 수를 위해 먹기 싫은 음식을 배가 터지게 먹어야 한다니, 나의 행복을 그런 식으로 오염시키고 싶진 않다.

어렸을 때 미군 부대에서 일하던 엄마는 각종 탄산음료를 가져와 냉장고에 가득 넣어두곤 하셨다. 달고 톡 쏘는 탄산과 알록달록한 알루미늄 캔의 조화가 황홀하도록 아름다웠다. 그 기억 때문일까. 나는 지금도 아이스크림이 냉동실에 가득 차 있는 모습을 보면 배가 부르다. 열심히 산 것 같아 뿌듯해지기도 하고. 그 시각적 포만감이 곧 내겐 행복인 거다.

밥때가 됐는데 밥을 먹지 않거나 1인분을 시켜 나눠 먹자는 사람이 싫다. 간식과 식사의 구분이 없는 사람도 싫다. 삼시 세 끼챙겨 먹는 것이 식사이고, 사이사이 먹는 게 간식이다. 식사를두 번 할 수는 있지만 거르는 건 절대 안 된다.

내가 편식하는 걸 못 견뎌하는 사람도 많지만, 상대에게 잘 보이기 위해 나를 고쳐 쓰는 걸 이제는 그만하고 싶다. 밥 먹는게 꼴 보기 싫은 사람은 밥때 만나지 않으면 그만이다. 같은 편식 취향을 가진 이와 밥 친구가 되거나 내가 편애하는 음식을함께 즐길 수 있는 사람을 찾는 것도 괜찮다. 먹기 싫은 음식을앞에 두고 괴로워하는 것만큼이나 먹고 싶은 음식을 못 먹는고통도 대단한 것이니까.

부작용도 있었다. 같은 일식집에 이틀 연속 가게 됐던 때의 일

이다. 식사 중에 내가 "고기 먹고 싶다"고 말해 버렸다. 친구들
끼리의 사모임이 아닌 중요한 비즈니스 미팅이었다. 무의식적
으로 툭 튀어나온 말에 분위기가 싸해졌다. 가까운 지인이 곁
에서 눈치를 줬는데, 나는 눈치채지 못했다. 거기까진 그래도
괜찮았다. 일식 코스가 끝날 무렵 디저트가 서브됐다. 입에 안
맞는 음식을 꾸역꾸역 먹던 나는 마지막에 나온 디저트가 입
에 맞았고, 다른 사람들의 것이 탐났다. 대화에 집중하지 않고
어떻게 하면 사람들이 관심을 주지 않는 저 디저트를 내가 먹
을 수 있을까 궁리 중이었다. 말을 걸어도 몰랐을 테니 표정이
나 눈빛이 어땠을지는 굳이 설명하지 않겠다. 미팅 후 지인에
게 강도 센 잔소리를 들어야 했다. 이십 대 초반에 미팅 나가서
해야 할 종류의 행동을 왜 비즈니스 자리에서 하느냐, 어린애
들에겐 식탐도 반전 매력이 되지만 자리에 따라 어른에겐 몰상
식한 일이 되기도 한다. 구구절절 지인의 말은 옳았다.

반성의 결과는 이상한 방향으로 작용했다. 격식을 갖춰야 할
식사 약속이 잡히면 애벌빨래를 하듯 애벌 식사를 하고 약속
장소에 나갔다. 양식을 먹기 전에는 집에서 김치찌개를 먼저

먹고 출발하기도 하고, 초콜릿이나 아이스크림을 먹고 당을 충전해 다가올 위기 상황에 대처할 에너지를 비축하는 일도 있다. 예의 없이 남의 디저트를 탐내지 않도록.

어쩌다가 나는 먹는다는 일차원적인 욕구에 이렇게 집착하게 된 걸까. 처음에는 한풀이라고 여겼다. 어릴 때 먹고 싶은 걸 풍족하게 못 먹고 자란 것에 대한 보상 심리 같은 것. 헛헛해서인 것 같기도 하다. 정서적으로 채워지지 않는 오랜 결핍을 먹는 걸로 푸는 건지도. 전자든 후자든 슬프긴 매한가지다.

TV 건강 정보 프로그램에 나온 의사들이 말한다. 무엇을 먹느냐가 곧 그 사람일 수 있다고. 나는 어떤 사람일까. 먹는 것에 대한 확고한 취향이 있다, 암울한 상황에서도 조카와 먹을 걸로 다툴 정도로 식탐이 강하다, 밥보다 과자를 더 많이 먹는다, 남들은 다이어트를 위해 먹는 그릭 요거트를 나는 토핑을 먹기 위해 먹는다, 여행을 갈 때는 비상 레시피로 볶음고추장과 라면 스프가 아니라 연유를 한 병 가져간다, 비상용으로 흰 설탕을 들고 다니기도 했다 등등. 몇 가지로 유추해 보건대, '어떤 사람'의 '어떤'을 숫자로 표현하자면 나는 일곱 살 정도 될 것 같다. 한때 나는 당 중독자처럼 단것만 먹었다. 물 대신 콜라를 마시고, 설탕을 너무 많이 넣어 시럽 같은 커피를 마셨다. 내 몸을 망가뜨려 지난 세월의 내게 복수하고 싶을 만큼 미련했던 거다. 의사 말이 맞는 것 같다. 억지로라도 식습관을 바꿔 봐야겠다.

사실 나는 가입한 보험이 없다. 보험 회사에서 내게 주홍글씨를 새겨 넣을 줄 몰랐다. 국제대학교 초빙 교수로 임용되면서 고용보험을 들려고 했는데 체중 미달로 거부당한 이후로 보험 가입이 안 된다. 그때부터 내 건강은 내가 책임져야 한다는 의무감이 생겼다. 보험 가진 사람들이 아파서 받을 혜택을 나는 건강할 때 두 배로 잘 관리해 덜 아파야겠다고 결심했다고나 할까.

'오늘 먹을 음식을 내일로 미루지 마라.', '인생은 어차피 고기서 고기다.' 먹방계의 명언을 가슴에 새겼다. 그리고 여전히 나는 아이스크림과 캐러멜 팝콘을 끼고 살지만 예전보다 건강하다.

삐끗하는 순간, 옛날 사람이 돼버린다

전자 기기는 왜 그리도 수명이 짧을까. 지금 입고 있는 잠옷처럼 20년씩 사용하진 못하더라도, 냉장고나 세탁기처럼 한 번 구입하면 10년 이상 건강했으면 좋겠다.

특히 휴대폰 얘기다. 바꿀 때마다 '멘붕' 상태가 된다. 물론 군더더기 없이 매끈한 디자인의 신제품은 볼 때마다 탐이 난다. 전자 기기를 새로 들이고 익숙해지는 데는 적잖은 시간이 걸리지만 구매를 망설이지는 않는 편이다. 사야만 하는 몇 가지 이유를 만들어 나를 설득한다. 이를테면 '얼리 어답터'의 자세 같은 것들.

휴대폰을 바꿀 때면 한바탕 전쟁을 치른다. 가장 먼저 도움을 청하게 되는 이는 휴대폰 가게 직원이다. "계정 있으세요?" "비밀번호가 뭔가요?" 매번 듣는 질문인데 제대로 답한 적이 없다. 미국에 있는 동주에게 전화해 겨우겨우 계정과 비밀번호를 알아내 휴대폰 가게 직원에게 주고 데이터를 옮기고 필요한 앱을 깔아 이전 휴대폰과 최대한 비슷한 환경을 만들어달라고 부탁한다. 장화 신은 고양이의 눈빛은 옵션이다.

다음 단계의 도움을 받는 건 교회 청년들이다. 주일 예배를 마친 후 교회 앞 카페로 데려가 음료와 주전부리를 사준 다음 테이블 위에 새 휴대폰을 슥 내려놓는다. 신상임을 알아챈 아이들은 새로운 기능에 빼앗겨 게임하듯 이것저것 한참씩 눌러보게 마련인데, 그때를 공략한다. 추가하고 싶은 기능이나 알고 싶은 기능에 대해 물으면 아이들은 경쟁하듯 내게 자신이 아는 정보를 쏟아낸다. 귀여운 것들, 너희들 덕에 내 삶이 윤택해지는구나. 쿠키와 베이글을 나눠 먹으며 키운 동지애가 순기능을 발휘하는 순간이다.

가장 귀찮게 보채는 대상은 역시 딸이다. 휴대폰을 교체한 순간부터 한국에 언제 오느냐고 묻는다. 영상 통화로도 휴대폰 문제는 해결되지 않기 때문이다. 여간 귀찮게 구는 게 아니다. 그러다 딸을 만나면 환영의 포옹이 끝나기가 무섭게 휴대폰을 들이민다.

이번에도 그랬다. 나는 잠금이 필요 없는데, 딸은 혹시 잃어버렸을 때를 대비해 비밀번호가 필요하다고 한다. 글자 크기도 너무 크게 해놔서 화면이 '움직이는 전광판' 수준이라며 작게 줄이라고 했다. 그리하여 비밀번호 패턴을 걸고 글자를 작게 해놨는데, 딸이 출국하자마자 비밀번호 패턴을 까먹었다. 우여곡절 끝에 패턴을 찾긴 했으나 이번에는 글자 크기가 문제다. 아무리 시킨 대로 해도 글자가 커지질 않는다. 주말이 오기를 기다려 교회 청년들의 손을 빌려야겠다.

인공 지능 시대, 4차 산업혁명 시대라는데 내 목소리를 인식해 '난 네 주인이다. 어서 잠금을 풀어라', '글씨 키워' 이런 명령어는 왜 아직도 먹히지 않느냐고.

생각해 보면 과거에도 나는 기계와 친했던 적이 없다. 미스비씨 텔레비전을 구입한 일이 생각난다. 군더더기 없는 깔끔한 디자인이 마음에 들었던 제품이다. 그 텔레비전이 어떻게 우리 집에 오게 됐는지는 정확히 기억나지 않지만, 분명한 건 정식 수입품이 아니었다는 점이다. 좋아서 이런저런 버튼을 눌렀더니 화면 위에 '메뉴'가 떠 사라지질 않았다. 일본어로 되어 있어 무슨 말인지 해석조차 할 수가 없었다. 결국 가까운 전파사에 전화했고, 전파사에서 온 직원은 간단하게 버튼 하나로 상황을 종료하고 표표히 사라졌다. 가전도 예외는 아니다. 커피 머신과 전자레인지, 세탁기까지 사용법에 익숙해지려면 수없이 많은 반복을 해야 한다.

얼마 전 카메라를 새로 구입했다. 매장 직원은 열심히 기능을 설명했고, 나는 열심히 캐멀색 가죽 케이스를 구경했다. 이 카메라에도 익숙해지려면 적잖은 시간이 걸릴 것이다. 매장 직원을 다시 찾아가야 할 수도 있고, 주말마다 교회 중고등부 청년들과 카페 미팅을 열어야 할 수도 있다. 물론 더 많은 시간은 딸을 괴롭힐 것이고.

딸에게 물은 적이 있다. 엄마가 이렇게 사소한 것을 묻고 또 물어 귀찮지 않으냐고. 딸은 엄마의 장점은 연습하고 반복해 아무리 어려운 일이라도 반드시 해내는 데 있는 것 같다고 했다. 남들이 한 번에 외우는 것을 수십 번, 수백 번 반복해야 하면서도 불평보다는 습관이 될 때까지 기다리고 기록하는 것이 존경스럽다고. 딸 하나는 정말 잘 키웠다.

나는 아날로그형 인간이다. 전자 기기에 특히 약하다. 노트북 폴더 구조를 이해하지 못해 사진을 정리할 때마다 폴더 좀 열어달라고 하고, 집에서 혼자 작업하다 실수로 폴더를 닫아버리면 해당 폴더를 찾지 못해 누군가 도와줄 때까지 일을 중단해야 한다. 허술함과 엉성함의 경계를 넘나든다. 이제라도 문화센터 강좌를 수강해야 하는 건 아닐까.

새 전자 기기를 들일 때마다, 가전제품의 글씨가 보이지 않아 안경을 찾을 때마다, 복잡한 기능의 제품이 싫다고 말할 때마다, 그리고 〈가요무대〉를 볼 때마다 나는 깨닫는다. 기술의 발전이 더 이상 이롭지 않은 나이가 되었음을. 인형 같은 아이들이 음악 방송에 나와 곡예에 가까운 춤을 추며 노래하는 모습

을 보면서도 "노래는 혜은이지" 하고 말하는 나는 이미 옛날 사
람임을.

옛날 사람과 아날로그형 인간은 한 끗 차이다. 취향 확실한 아
날로그형 인간도 삐끗하는 순간 옛날 사람이 돼 버린다.

섹시하지 않아도 좋아

·

·

·

·

나는 길치다. 둘째 아이를 낳고 1985년부터 운전을 했으니 운전 경력 30년이 넘었는데, 꽤 오랫동안 교회와 집만 오갔다.

내비게이션이 하는 말을 따르는 것도 어렵고, 어쩌다 차선을 잘못 들어 원래 다니던 루트에서 벗어나면 굉장히 당황한다. 내비게이션이 어찌나 천천히 입을 여는지, 나는 이미 직진 차선에 들어섰는데 뒤늦게 좌회전이라고 알려주면 어쩌라는 건지 모르겠다.

길을 잘못 들었다는 이유로 무조건 울던 시절에는 울면 달라지는 것들이 있었다. 운다고 달라지는 게 없다는 걸 안 지금은 홀로 해결하려 노력 중이다.

요즘 나는 택시를 자주 이용한다. 차를 가지고 나갈 때마다 작은 사고가 발생하기 때문이다. 조심성 있고 얌전한 성격인 줄 알고 평생 살았는데, 운전을 하면서 새로운 자아를 발견했다. 운전할 때의 나는 꽤나 거칠고 과감하다. 문제는 그 과감함이 사고로 연결된다는 거고. 사고는 대부분 운전에 집중하지 못하고 음악이나 성경 말씀을 들을 때, 머릿속으로 다른 생각을 하는 순간 벌어진다. 좋게 말하면 몰입도가 좋은 거고, 건조하게 말하면 멀티태스킹이 전혀 되지 않는다.

운전에만 집중하기엔 생각할 게 너무 많다. 머릿속으로 해야할 일들을 복기하다가 차선 변경을 제때 하지 못하거나 U턴 신호를 놓칠 때가 많다. 늘 넉넉하게 이동 시간을 계산해 출발하지만, 이렇게 실수를 할 때마다 남에게 피해를 주는 것 같아 의기소침해진다. 홈쇼핑 방송의 경우 녹화 전 다시 동선을 체크하는 리허설이 있는데, 5분씩 늦어 사전 미팅을 놓쳐버릴 때가 있다.

운전할 때는 메시지가 오더라도 확인하지 말 것, 음악을 듣거나 노래를 부르지 말 것, 기도도 말씀도 듣지 말 것 등의 규칙을 정해 두고 오로지 길과 신호에만 집중하려 하지만 매번 무너진다.

보험료가 택시비보다 더 나올 것 같은 지경에 이르자 택한 방법이 택시다. 이동하는 동안 전화를 하거나 음악을 듣고, 그날 해야 할 일들을 정리하는 게 낫다. 택시는 최소한 약속 시간은 지켜주니까.

얼마 전에도 집을 나서는데 빈 택시가 보였다. 뒷좌석에 앉아 숨을 고르는 나를 슬쩍 훔쳐보던 기사님께서 "이런 말, 해도 될지 모르겠다"며 운을 떼셨다. 흔한 일이다. 고맙게도 아직 나를 알아봐주시는 분들이 꽤 있다. 같은 공간에서 일정 시간을 함께 보내야 하는 택시의 경우 먼저 알은체를 해줘 인사를 주고받는 것이 편하다. 그런데 놀랍게도 내 얼굴이 아니라 목소리를 듣고 알았다고 말씀하시는 분들이 많다. "서정희 씨죠? 목소리 듣고 알았어요. 요즘 어떻게 지내세요? 방송에서 안 보이시더라고요." 물론 가장 당황스러운 인사는 내릴 때 카드 영수증과 함께 건네는 "힘내세요"나 "파이팅" 같은 말이고,

"실물이 더 예쁘네요"란 소리도 자주 듣는다. 그 말이 요즘은 어찌나 듣기 좋은지! 예쁘다고 말할 것 같아서 택시 기사님께 한껏 새침한 얼굴로 미소를 띠고 답했다. "네, 말씀하세요."
"걸음걸이가 왜 그래요? 예쁘게 걸으면 좋을 텐데……."
몇몇 말들이 떠올랐다. "무릎만 붙이고 걸어도 훨씬 좋을 텐데, 왜 남자애들처럼 터벅터벅 걸어." 그동안 걸음걸이를 지적하는 사람들은 모두 나와 매우 가까운 사람들이었다. 늘 튤 스커트를 입고 있기 때문에, 그것도 몸의 라인이 드러나지 않는 루스한 스타일을 좋아하기 때문에 한두 번 봐서는 눈치채기 힘들다. 잠깐 사이 택시 기사님께 들킬 정도로 문제가 있나. 더 늦기 전에 모델 워킹이라도 배워야 하는 걸까. 심지어 택시 기사님은 내가 누군지 모르는 눈치다.

독립적인 삶을 조금씩 완성시켜가는 나는 죽기 전에 멜로 영화 같은 사랑을 하고 싶었다. 괜찮은 사람이 있으면 소개시켜 달라고 사방에 말하고 다닌 적도 있다. 싱글이 된 지 꽤 지나서도 이성 관계가 청순하자 몇몇이 입을 모아 내게 "너는 이상하게 예쁜데 섹시하지가 않다"고 말했다. 매력이 없다는 의미로 받아들이고 살짝 삐치려고 했지만, 매력과 섹시는 또 다른 차원이란다. 그렇다면 나는 왜 섹시하지 않은 걸까. 걸음걸이도 이유가 되나.

휴대폰을 뒤져 지인이 찍어준 동영상을 하나 찾아냈다. 꽃 시장에 갔을 때였을 거다. 뒷모습이었지만 좋아하는 꽃을 보러 간다는 생각에 걸음걸이가 꽤나 경쾌했다. 엄마의 말이 생각났다. 엄마는 내가 초등학생 남자아이들처럼 터벅터벅 걷는다고 했다. 동영상을 보니 변명의 여지가 없었다.

동주에게 동영상을 전송했다. "내가 섹시하지 않은 게 걸음걸이 때문인 것 같지 않아?" "걸음걸이보다 양말 때문인 것 같은데?"

동주는 예전에도 같은 말을 한 적이 있다. 샌프란시스코에 머물 때였는데, 내가 양말을 신고 힐을 신으려고 하자 "그렇게 하면 힐을 신어도 하나도 섹시하지 않다"고 했다. 나는 키가 작지만 굽이 높은 신발을 신는 일이 거의 없다. 늘 스니커즈와 플랫 슈즈를 신었다. 동영상 속의 나도 굽이 낮은 어글리 슈즈에 양말을 신고 있었다.

딸은 내게 섹시해지고 싶으면 양말을 벗고 평소 하이힐을 신으라고 말했다. 그러면 장미꽃이 어디에 피어도 아름답듯이 아무 옷에나 양말을 신어도 섹시하다는 걸 증명할 거라고, 나는 말하곤 했다.

섹시의 길이 이렇게 멀고 험한 것이었나. 평소 신는 것보다 굽이 조금 높은 신발을 신고 약속 장소에 나갔다. 약속한 친구가 위태롭게 걸으며 자신에게 가까워지는 내 모습을 위험한 눈빛으로 지켜보고 있었다. "다리 다쳤어? 걸음걸이가 왜 그래?" 이 불편함을 견디고 하이힐을 신어 각선미를 유지하는 분들을 존경하기로 했다.

10cm가 넘는 하이힐을 신고 대회 내내 미소를 띠고 있어야 하니 키가 컸더라도 미스코리아는 못 됐을 거다. 재능이 넘쳤더라도 10cm가 넘는 하이힐을 신고 춤까지 춰야 하니 아이돌도 못 됐을 거고.
꿈만 많고 가진 게 없었던 과거의 나와 하루에 하나씩 화해를 하는 기분이다.

범죄 프로파일링에서는 걸음걸이를 지문처럼 여긴다고 한다. 어차피 고치지 못할 습관이라면 개성으로 분류하고 넘겨버려야겠다. 문제가 발견돼도 타인의 시선으로 재단해 조급하게 바꾸려들지 않기로.

이 여유가 좋다. 과거의 내겐 없던 거니까.

쇼미더머니와 가요무대 사이

-

-

-

-

메이크업을 지우고 나니 밤 12시가 넘었다. 그냥 잠들기도 영화를 보기에도 애매한 시간, TV를 켜니 〈쇼미더머니〉가 나오고 있다. 디스 랩 배틀이 한창이다. 긴장된 채로 화면에 집중했다. 〈쇼미더머니〉는 요즘 나의 최애 프로그램이다. 이번 〈쇼미더머니 시즌 8〉에서 눈여겨보는 래퍼는 서동현. 곧 동현의 차례가 올 것 같다. 랩은 그가 하는데, 왜 내 손에 땀이 차는지 모르겠다.

TV를 보기 시작한 건 근래의 일이다. 시간에 맞춰 특정 프로그램을 시청하기보다 짬이 나거나 한가할 때 채널을 돌리면서 마음에 드는 걸 보는 편이다. 과거에는 디스커버리나 내셔널 지오그래피 같은 다큐멘터리 채널을 좋아했다. 지구의 탄생과 대륙 이동, 빙하기와 기후 변화, 인류가 남긴 문화유산, 우주 탐사와 해저 여행까지 기초 교양을 익히는 데 이만한 교과서가 없다.

음악 방송의 재미를 알게 된 것은 불과 얼마 전이다.
나는 유행가를 즐겨 듣는 편은 아니었다. 외려 아이들 피아노 레슨을 할 때 옆에서 듣고 함께 연습했던 클래식이 내겐 더 가까웠다. 좋아하는 가수가 고교 시절 우상이었던 산울림, 전영록, 혜은이에서 멈춰 있으니 어설프게라도 따라 부를 수 있는 유행가 역시 그 즈음에 멈춰 있을 거다. 아이들의 학창 시절, 등하교 시켜주는 차 안에서 당시 유행하던 노래를 내게 들려주곤 했는데, 아이들이 유학 간 뒤로는 그나마도 듣지 못했다.

〈복면가왕〉, 〈불후의 명곡〉, 〈댄싱 9〉, 〈더 팬〉, 〈슈퍼스타 K〉에 요즘은 〈미스트롯〉, 〈보이스퀸〉까지. 수많은 서바이벌 오디션 프로그램이 있지만, 〈더 팬〉의 「명동콜링」에 눈물도 흘리지만, 백미는 역시 〈쇼미더머니〉다. 내가 〈쇼미더머니〉 얘기를 꺼내면 반응이 한결같다. "그런 것도 봐?"

생니를 뽑고 심었을 게 분명한 번쩍이는 금니와 도저히 이해할 수 없는 염색 머리, 목을 넘어 얼굴까지 침범한 문신, 두 마디 걸러 하나씩 튀어나오는 욕설까지. 확실히 내 취향은 아니다. 그러나 놀랍게도 전혀 '힙'하지 않은 모습으로 힙합을 하는 이들과 친해지는 데는 그리 오랜 시간이 걸리지 않았다. 처음엔 촌스러운 것 같으면서도 개성 있는 모습에 눈길이 갔고, 다음엔 자서전을 쓰듯 자신의 서사를 함축해 비트에 담아내는 모습에 반했다. 듣고 있노라면 자라온 배경, 존경과 원망이 뒤섞인 부모님에 대한 감정, 나이가 믿기지 않을 정도로 깊은 사랑에 대한 통찰, 질투가 날 만큼 끈끈한 우정까지, 행간에 담긴 묵직한 감정이 성난 바다의 파도처럼 강렬하게 내게 밀려오곤 한다.

저 무대에서 가짜는 통하지 않는다.

나의 픽이 경쟁에서 이길 때마다 묘한 승리감도 맛보게 된다. 무엇보다 매회 탈락자가 생기는 서바이벌 프로그램의 특성상

긴장감이 대단할 텐데 그 중압감을 이겨내고 음악을 즐기는 모습을 보고 있자면 그네들 인생 하나하나에 박수를 보내게 된다. 게임의 룰이 만든 탈락자는 있지만, 낙오자는 없길 바라는 마음으로.

상대방의 약점을 공격해 무기력하게 만들어야 하는 디스 랩 배틀은 〈쇼미더머니〉 최대 볼거리 중 하나다. 면전에서 뱉어내는 폭력적인 랩 가사를 들으며 눈살이 찌푸려지기도 했다. 그러다 어느 순간, 할 말을 제대로 못하고 숨기고 덮는 데 급급했던 나에 대한 반성을 하게 됐다.

문제 삼지 않고 익숙해져 버린 삶, 당장 눈앞의 위기만 모면하면 전과 같이 문제없는 일상이 지속되리란 믿음, 정확히는 건드릴 용기가 없어 피하고 숨기다 결국 썩어 문드러진 인생. 그런 내가 디스 랩 배틀을 처음 봤을 때의 충격은 말로 다 할 수가 없다.

이제는 알 것 같다. 약점이 들춰진 후에도 들춰낸 이들과 공존하는 방법에 대하여.

다시는 트라우마라 불리는 무력한 경험치에 지지 말아야지.

〈전국노래자랑〉, 〈콘서트 7080〉과 〈가요무대〉는 누가 보는 건지 궁금해하던 나는 요즘 〈가요무대〉 애청자가 됐다. 신기한 일이다. 분명히 나는 가요를 많이 듣지 않았는데, 〈가요무대〉를 보면서 흥얼흥얼 노래를 따라 부르고 있다. 따라 부르다가도 '내가 이 노래를 어떻게 알지?' 하고 놀랄 때가 있다. 곰곰이 생각해 보면 내가 어린 시절에 엄마가 듣던 노래들이다. 〈가요무대〉는 〈쇼미더머니〉와 전혀 다른 지점에서 감동적이다. 옛날 노래를 듣고 있자면 나의 어린 시절이 오버랩되곤 한다. 그때 엄마는 어떤 마음으로 노래를 따라 불렀을까.

엄마는 지금의 나보다 훨씬 젊은 나이에 할머니가 됐다.
나는 지금도 여전히 자기 연민과 자기애에 빠져 허우적대기 일쑤이고 미래에 대한 불확실성으로 고민하는데, 그때의 엄마는 굉장히 씩씩했다. 아니, 씩씩하다고 믿었다.
이제 와 여자로서 엄마를 바라보니 엄마가 굉장히 힘든 세월을 살아내셨다는 생각이 든다. 이미자가 말한 "헤아릴 수 없는 설움 혼자 지닌 채 고달픈 인생길을 허덕이면서 참아야 한다기에 눈물로 보낸" 여자의 일생이 엄마의 인생이었음을. 나는 지금도 여자이고 싶은데, 엄마는 그보다 훨씬 이전에 포기해야 했으니까.

'결혼 후 유행가를 거의 듣지 않았다', '함께 사는 동안 찬송가만 들었다', '혼자가 되고 나서 〈가요무대〉의 애청자가 됐다' 세 문장을 적어놓고 한참 동안 들여다봤다. 〈가요무대〉가 내 인생에서 유행가가 사라진 시간을 잘라낸 편집본처럼 느껴진다. 비연속적인 내 인생의 시간 위로 흐르는 연속적인 음악, 시간을 잘라내도 사라지지 않는 기억.

내게 아무 일도 일어나지 않았던 때로 돌아가게 해달라고 기도하던 때가 있었다. 하지만 이젠 지금 이대로의 나도 괜찮다. 〈쇼미더머니〉에 나가 심사위원의 'All Pass'를 받을 수 있는 굴곡진 인생사와 감정을 지닌 지금의 나도 괜찮은 것 같다.

TV로 빨려 들어갈 것처럼 집중해서 〈아씨〉를 보던 엄마의 어깨와 뒷머리 실루엣이 지금도 선명하게 그려지는 걸 보면, 엄마는 내가 아주 어렸을 때도 드라마를 좋아했던 것 같다. 드라마 편성 시간에 맞춰 짠 것처럼 지금도 엄마의 하루는 드라마로 꽉 차 있다. 밖에서 볼일을 보다가도 드라마 시간에 맞춰 잰걸음으로 집으로 돌아가고, 밥을 먹거나 잠을 자다가도 드라마가 시작될 즈음이면 서둘러 TV 앞에 앉는다.

이혼 후 엄마와 살던 시절에 가장 힘들었던 것 역시 막장 드라마에 빠진 엄마를 견디는 일이었다. 엄마가 좋아하는 드라마에는 늘 등장인물들이 소리 치며 싸우는 장면이 나온다. 배배 꼬인 애정 전선, 시기와 질투로 범벅된 관계, 불륜과 복수의 스토리. 이혼의 트라우마를 겪고 있던 나는 이게 불편했다.

그때는 드라마를 즐겨 보는 엄마를 이해할 수 없을 것 같았다. 그러니까 〈미스터 션샤인〉을 보기 전까지 말이다.

뒤늦게 드라마에 빠져 유료 결제까지 해가며 〈미스터 션샤인〉을 챙겨 봤다. 신미양요 때 미 군함에 승선해 미국으로 간 소년이 미국 군인 신분으로 조선에 돌아와 주둔하며 양갓집 규수와 사랑에 빠진다는 설정인데, 인물들이 주고받는 예스러운 문장과 레트로풍의 의상도 좋았지만 무엇보다 사랑을 표현하는 방식이 마음에 들었다. 조국을 지키는 애신을 위해 자신을 버린 조국의 의병이 된 유진, 첫눈에 애신에게 반했으나 애신을 품지 않기 위해 애쓰면서도 늘 애신을 향해 있던 동매, 그리고 명랑하고 해맑은 애신이 사랑과 이별을 모두 겪고 담대한 눈빛을 지닌 의병장으로 성장하는 과정까지 모든 게 완벽했다.

애신과 유진의 관계는 조선판 〈로미오와 줄리엣〉처럼 느껴졌다. 〈미스터 션샤인〉은 시대적 배경 때문이었는지, 신분 차이 때문이었는지 사랑을 표현하는 방식이 요즘과 많이 다르다. 고전적이다. 그게 좋았다. 차마 말로 맺히지 못한 두 사람 사이의 공기는 어느 멜로 영화보다 따뜻했고, 보는 내내 마음에 봄볕이 드는 기분이었다.

드라마에 빠진 몇 달 동안 나는 애신과 유진이 되어 구한말에 살았다. 문자 메시지를 보낼 때도 대화를 할 때도 그들의 말투를 따라 했다. "그대와 러브하고 싶소!", "악수하고 그다음은 무엇이오, 우린 허그도 했소!" 누군가를 만나면 이런 대사도 해볼 참이었다.

여운이 꽤나 길게 갔는데, 〈미스터 션샤인〉 신드롬이 지나가고도 꽤 오랫동안 말투를 따라 하자 몇몇이 제발 그만하라며 구박을 하기도 했다. '엄마가 좋으면 나도 좋아'라는 태도로 힘을 주던 동주마저도 그만하라 했을 정도니까.

사회적인 나이로 예순 즈음이 되면 삶이 단출해진다고 한다. 많은 것을 경험하고 '해보니 별거 아니네'라는 자세로 인생을 관망할 수 있게 된다고.

이제 겨우 드라마 보는 재미를 알았고, 유행가가 가진 보편성의 힘을 알았다. 결혼 이후 나는 타인과 전혀 다른 삶을 살아왔다. 더는 남을 탓하거나 내 인생의 시간을 편집하면서 정신 승리할 시간이 없다. 내가 지나쳐온 것들을 조금씩이라도 겪고 느끼고 와야 하기 때문에 요즘의 나는 너무 바쁘다. 앞으로 노래 100곡을 마스터하겠다는 목표도 세웠다. 유년 시절 수두를 겪지 않으면 청년이 되어서라도 꼭 수두를 겪는다고 한다. 홍역을 치르지 않은 사람은 인생을 살면서 반드시 홍역의 고통만큼 아파하게 된다고도 한다.

나는 지금 그냥 지나쳤던 사춘기를 앓고 있는 중이다.

위태로운 평화

위기를 극복하는 방식은 그 사람이 어떤 사람인가를 보여준다고 한다. 위기 앞에서 나는 정면으로 맞서본 적이 없다. 위기 너머에는 평화가 있다고 믿었고, 위기를 최대한 조용히 넘기는 것이 가장 지혜롭게 평화에 접근하는 방식이라 믿어왔다. 해명하고 변명했으며, 필요하다면 눈물도 흘렸다. 와장창 평화가 깨진 후에는 되돌릴 수 없음에 슬퍼했고, 아무 일도 벌어지지 않았던 때를 떠올리며 후회하고 자책했다. 상처는 볕에 불려 말리지 않으면 덧난다는 걸 깨닫기 전의 얘기다.

얼마 전 일을 마치고 집으로 돌아오는 길에 교통사고가 났다. 아주 잠깐 머릿속으로 다른 생각을 했고, 신호에 걸려 정차해 있는 차량을 보지 못했다. 뒤에서 박았으니 명백한 내 과실, 변명의 여지가 없었다. 더운 날이었다. 아스팔트가 뜨겁게 달아올라 신발 밑창이 녹아내릴 것처럼 볕이 따가운 날이었다. 한숨을 크게 몰아쉬고 차에서 내렸다. 발목에 모래주머니를 단 것처럼 걸음이 무거웠다. 앞 차량 운전자에게 다가가 다친 곳이 없는지 묻고, 미안하다고 사과했다. 그리고 보험 회사에 전화했다. 출동한 교통경찰들에게도 사과했다. 교통사고 전담 처리반처럼 일사천리로 움직였다. 3년 전 접촉 사고를 냈을 때가 떠올랐다.

나는 운전이 서툴다. 많은 일을 연습과 반복으로 체화시켜 자연스럽게 해내는 내게 항상 달라지는 도로 상황은 좀처럼 익숙해지질 않았다. 내비게이션이 하는 말은 알아들을 수가 없다. 100m 앞에서 우회전, 300m 앞에서 유턴. 운전 경력이 30년이 넘는데 아직도 나는 100m가 대체 어느 정도인지 거리 가늠이 안 된다. 그래서 지난 30년간 외우고 있는 길만 겨우 오가는 수준으로 운전을 했다. 이혼 전까지는 교회 갈 때를 제외하곤 거의 운전을 하지 않았다.

길 찾는 방법도 굉장히 비효율적이다. 만약 코엑스에서 약속이 있다고 치자. 선릉역에 있다면 바로 코엑스로 이동하면 된다. 그런데 나는 청담사거리의 집에 들러 다시 코엑스로 향한다. 집-선릉역, 집-코엑스 루트는 알지만, 선릉역-코엑스 루트는 모르기 때문이다. 그러니 다니던 길에 '공사 중'이라는 푯말이 세워지기라도 하는 날에는 당황할 수밖에 없다. 문제는 과거에는 이러한 돌발 상황을 못 견뎌했다는 데 있다.

접촉 사고가 나거나 다니던 길의 조건이 평소와 달라지면 비상등을 켜놓고 창문을 꽉 닫은 채 휴대전화 목록에 있는 사람들에게 전화를 했다. 울먹이며 내 상황을 설명하면 반응이 제각각이다. 몇몇은 "보험 회사에 전화해야지", 몇몇은 "경찰은 왔어?", 몇몇은 "기다려봐, 금방 갈게". 내가 원하는 답은 "기다려봐, 금방 갈게". 그리고 아는 사람이 올 때까지 나라 잃은 백성처럼 차 안에 앉아 울었다. 겨우 길을 잃었을 뿐인데.

보통의 운전자라면 며칠 전의 나처럼 당연하게 사고 처리를 했을 거다. 그 당연함에 익숙해지는 데 3년이 걸린 것 같다. 사회생활의 기술이 늘고 있다. 혼자서도 해결할 수 있는 일의 범위도 넓어지고 있다. 단단해지는 내 자신이 기특해서 눈물이 날 지경이다. 그리고 한참 동안 내가 어떤 방식으로 삶을 살아왔는지 생각했다.

단점을 극복하기 위해 나만의 규칙을 정하고 그것이 어긋나면 많은 스트레스를 받았다. 책잡히지 않기 위해 모든 것이 완벽해야 했고, 항상성을 유지하기 위해 무던히 애썼다. 아이들과 전남편 사이에 분쟁이 생기면 소란스러워지는 것이 싫어 먼저 나서서 중재했다.

고성이 오가지 않는 고요한 상태, 그게 평화라고 믿었다. 잔잔한 클래식이 흐르는 공포 영화처럼 거짓된 평화였음을 알면서도 나는 그 평화가 좋았다. 나의 희생으로 산 평화. 그 평화가 위태로웠던 까닭은 희생 아래 나에 대한 연민이 가득했기 때문이다. 희생으로 포장했지만 거기에 상대를 위한 마음이 없었다. 모두 내가 편하자고 택한 것들일 뿐이다. 내가 노력하면 할수록, 완벽에 가까울수록 사람들이 왜 숨 막혀 했는지, 과거의 나를 조금 떨어져서 들여다보니 알 것 같다.

어쩌면 전남편은 나를 만나 더 나쁜 아빠와 남편이 됐을지도 모른다. 바람피운 것을 들켰는데 아내는 화내지 않았고, 연락 없이 늦게 들어와도 왜 늦었느냐 따지지 않았다.

나는 늘 가만히 있었다. 애초에 나와는 체급이 달라 싸움이 되지 않기도 했지만, 위태로운 평화라도 지키고 싶어 가만히 있었다.

내 탓이 크다. 참고, 피하고, 외면하면서 위기를 모면하려 했던 내 태도가 관계는 물론이고 사람도 더 악화시켰을 거다.

사람은 나이 들면 쉽게 변하지 않는다. 그 쓸데없는 고집을 꼰대라고 부르는 걸 거다.

유일하게 나이 든 사람을 바꾸는 것은 자각이다. 자각을 하게 되면 빠르게 변화한다는 게 내 장점 중 하나다. 마음에 들지 않는 과거의 나로부터 완전히 독립한 것은 아니지만, 거리를 두고 바라볼 수 있게 돼 다행이다. 그렇게 나를 객관화하다 보면 내 탓도 남 탓도 누구의 탓도 아닌 일이 세상에 훨씬 많다는 걸 거부감 없이 받아들일 수 있게 되니까. 그렇게 홀로 지고 있던 짐을 내려놓으면 사는 것이 한결 가벼워질 것이다.

최근까지도 나는 휘발유와 경유를 구분하지 못했다. 와이퍼 스위치가 핸들 옆에 있다는 걸 몰라 폭우가 내리던 날 와이퍼를 작동하지 못해 길가에 차를 세우고 여기저기 전화한 일도 있다. 얼마나 귀찮았을까. 내비게이션은 분명 한국어로 말하는데 여전히 알아듣기 힘들고, 낯선 곳에 가야 할 때면 긴장해 진땀이 날 것 같다.

하지만 열심히 세상의 길을 익히는 중이다. 힘들지만 재밌다. 모르는 길을 무사히 다녀온 날이면 뿌듯한 기분도 든다. 어쩌면 머지않아 약속 때마다 집 앞으로 오던 친구들을 거꾸로 찾아가 선글라스를 슬쩍 내리며 말할지도 모른다. "야, 타!"

게으름이 나를 덮칠 때

.

.

.

.

어김없이 아침이 왔다. 어제의 시간은 지나갔다. 똑같은 일상, 아무것도 달라지지 않았다.

나의 세상은 매일 똑같이 반복된다. 창밖에는 보통의 미세 먼지와 보통의 햇빛, 오늘은 보통의 날이다.

유리창에 굴절된 볕이 유난히 따갑다. 3M 자외선 차단 필름을 사다 창문마다 붙여야겠다고 에어컨을 켜며 생각했다. 카랑카랑한 한여름의 볕이 가구와 물건들을 다 태워버릴 것만 같다. 사랑하는 나의 가구가 바싹 말라가고 있는데 꼼짝도 하기 싫다.

게으름이 나를 덮친다.

침대에 누워 뒤척이면서 지난밤에 본 영화의 해피 엔딩 다음 신을 생각해봤다. 요즘은 로맨스 영화를 자주 보는 편인데, 거의 모든 영화가 '그래서 행복했습니다'로 마무리되곤 했다. 무수한 저항을 이겨내고 결혼을 했는데, 그다음은? 육아는 누가 해, 외국은 시집살이가 없나, 결혼했는데 불임이면 어쩌지, 남자가 바람을 피우면, 둘 중 하나가 불치병에 걸리는 거 아니야. 탄탄한 서사의 영화는 어떠한 불행이 오더라도 굴하지 않고 행복했던 기억으로 일상을 견뎌나갈 거라 말할 것이다.

하지만 사는 게 그리 쉽나.

고작 4시간을 자면서 세 번이나 깼으니 컨디션이 엉망이다. 며칠 동안 누적된 피로로 아침부터 몸은 천근만근, 아무것도 하고 싶지 않다. 의욕은 바닥을 치고, 나는 최선을 다해 시간을 죽이고 있다.

그런 날이 있다. 늦게 일어난 것도 아닌데 열심히 살기 싫은 날, 오래전부터 불면증에 시달렸으니 숙면을 못 취해서도 아니고,

요즘은 하늘이 계속 뿌여니 날씨 탓도 아니다. 새벽 기도도 하지 않은 채 슬리퍼를 끌고 집 구석구석을 어슬렁거리다 다시 침대에 누워 뒤척였다. 다시 잠들 리는 없다.

식탁에 가 며칠 전 사다 둔 단팥빵과 버터 커피, 그릭 요거트에 꿀과 과일까지 넣어 먹었다. 여전히 정신은 흐릿하고 몸에는 힘이 없다.

마음의 허기란 무서운 거다. 온몸에 고소하고 달콤한 버터 향이 나는 것 같은데 여전히 무언가가 먹고 싶다. 다시 빵 봉투를 꺼냈다. 소시지가 든 페이스트리와 초콜릿으로 덮인 파이가 손에 잡힌다.

침대를 정리하고, 화병의 물을 간 다음 멍하게 앉아 무의식적으로 빵과 요거트를 먹는다. 현관 앞에는 지난밤 잠들기 전 챙겨둔 교회 가방이 있고, 식탁 위에는 교회에 가져가려고 싸둔 주전부리가 있다. 욕실 앞에는 목욕용품이 담긴 가방이 있고, 드레스 룸 맨 앞에는 오늘 입으려고 꺼내놓은 원피스가 걸려 있다. 휴대폰 스케줄러에는 오늘 해야 할 일의 목록이 적혀 있고, 읽어야 할 메시지도 쌓여 있다. 다 귀찮다. 오늘은 할 수 있는 한 최대한 게으르고 싶다.

밤은 길고 아침은 짧다. 꼼지락대면서 오전 시간을 다 보냈다. 창밖을 보니 한적하던 도로에 자동차가 가득하다. 이 까칠한 청담동의 풍경이 이상하게도 내게 안정감을 준다.

조금 열어둔 창문 사이로 특유의 굉음을 내며 지나가는 페라리 소리가 새어 들어온다. 종종 창밖을 내다보는 나를 기다리는 소리처럼 들린다. 창가로 다가가니 예쁜 차들이 지나간다. 포르셰나 마세라티, 페라리는 관능적이다. 그 예쁜 차들을 따라 내 시선도 도로 위에 한참 머물렀다. 예쁜 건 오래 봐줘야 한다.

나의 매뉴얼이 바뀌고 있다. 매일 나를 재촉하고 때로 압박하던 나의 시스템을 없애버렸다. 빈둥거리는 나의 몸이 반응하는 대로, 적어도 오늘은 그렇게 할 참이다.

다시 또 잠을 설쳤다. 잠이 오지 않아 영화를 보다 새벽녘에 불을 끄고 누워 밤새 뒤척이다 침대에서 몸을 일으켰다. 오전 4

시, 교회 갈 시간이다.

이렇게까지 예민했던가. 무던하다고 생각해 본 적은 없지만 사소하더라도 고민거리가 생기면 꼭 잠을 설친다. 잠들기를 포기하고 식탁에 앉아 어둠이 물러가기를 기다렸다. 규칙적으로 들리는 에어컨과 냉장고 소리 위로 시계 초침이 겹쳐진다. 곧 푸른 새벽이 올 거다.

여름이라 다행이다.

3

두 여자

일찍 철든 딸

.

.

.

.

드디어, 동주가 왔다.

여름휴가차 한국에 온 동주는 짐을 풀고 얼마 지나지 않아 친구들과 제주도며 부산으로 여행을 다녔다. 엄마도 함께 가자는 말에 "나도 바쁘다"고 새침하게 답하곤 동주가 여행에서 돌아오길 기다렸다. 휴가 중에도 미국 시간에 맞춰 새벽까지 업무 처리를 하는 걸 보면서 진짜 휴식이 필요하다고 생각했기 때문이다. 그 휴식을 방해하고 싶지 않았다.

작년까지만 해도 나는 동주와 24시간을 함께 보내고 싶었다.

엄마이기 이전에 동주의 가장 가까운 친구이고 싶었던 것 같다. 내 마음을 읽은 건지 동주는 항상 나를 일순위에 두곤 한다. 친구들과 놀러 갈 때도 내게 "엄마도 같이 가"라고 말하곤 한다. 고맙게도 동주 친구들 역시 나를 살갑게 맞아주고.

못 본 사이 내가 얼마나 주체적으로 변했는지도 행동으로 보여주고 싶었다. 데이트 플랜을 짰다. 원래는 동주가 하던 일이다. 미국에 갈 때마다 내가 좋아할 만한 것들을 검색해 뒀다가 함께 시간을 보내줄 때 내가 동주에게서 느꼈던 감동을 이제 동주에게 돌려줘야겠다.

하지만 사람 마음은 간사하다. 동주가 짧은 여행에서 돌아왔을 때 엄마 본능이 깨어났다. 혼자 사는 게 익숙해진 탓일까. 바닥에 트렁크를 아무렇게나 펼쳐둔 채 너저분하게 자신의 물건을 늘어놓은 모습이 불편해 마지막 날은 호텔에서 자게 했다. 여행 갔다 올 때마다 나는 집이 더러워지는 게 싫어 현관에서 트렁크 바퀴부터 닦고 짐을 정리해 두는데, 동주는 나와는 많이 다르다.

어쩌겠는가. 사랑하는 딸이지만 딸의 짐까지 사랑할 수는 없는 게 나인 것을.

빽빽하고 날카로운 여름 볕을 뚫고 예약해 둔 식당이 있는 예
술의전당 쪽으로 향했다. 신경 써서 보지 않으면 눈에 띄지 않
는, 간판도 작은 식당이었다. 신이 나서 비밀스러운 아지트를
소개해 주듯 앞장서서 걸었다.

늦은 오후의 볕이 하얀 레이스 커튼을 뚫고 식당 깊숙이까지
들어왔다. "여긴 언제 와봤어?" 분위기가 마음에 들었는지 동
주의 큰 눈이 더욱 동그래졌다.

식당 안에는 동주 또래의 젊은 여자 2명을 포함해 2팀이 앉아
있었다. 공간이 작아 큰 원형 테이블에 8명의 손님이 빙 둘러
앉는 곳이었고, 때문에 듣고 싶지 않아도 옆 테이블의 대화가
들렸다. 동주 또래의 여자 둘은 친정엄마와 시어머니 얘기를
하고 있었다. 친정엄마가 지근거리에 사는데 자신에게 바라는
게 너무 많아 힘들다며, 엄마와는 적정한 거리가 필요하다는
식의 얘기였다.

주문한 음식이 나왔고, 동주와 나는 대화를 멈춘 채 음식에 집

중했다. 당근 샐러드와 그라탱도, 카눌레 빵도 눈이 번쩍 뜨일 정도로 맛이 있었다. 내기라도 하듯이 빠른 속도로 접시를 비워가는 우리와 달리 옆 테이블의 두 사람은 음식보다 대화에 더 집중했다.

식당에 들어선 지 30분이나 됐을까. 접시를 깨끗이 비운 우리는 카운터 앞에서 서로 계산하겠다며 실랑이를 벌였다. 시선이 느껴져 실내를 둘러보니 옆 테이블 사람들이 티격태격하는 우리의 모습을 보면서 웃고 있었다. 눈이 마주쳐 머쓱해진 내가 먼저 말을 꺼냈다. "엄마가 낸다는데 애가 이러잖아요." 평소에는 상상도 하지 못할 일이 벌어졌다. 계산하다 말고 초대라도 받은 것처럼 동주와 내가 테이블로 돌아가 낯선 사람들과 대화하기 시작한 것이다.

두 사람은 우리가 식당에 들어섰을 때부터 우리를 알아봤다고 했다. 알은체는 하지 않았지만 대화하는 내내 지켜봤단다. "어떻게 이렇게 엄마와 친할 수 있느냐"고 한 사람이 물었다. 우리가 그랬듯 그들도 우리의 대화가 들렸을 터, 듣고 있자니 엄마가 아닌 친구처럼 느껴졌다고 했다. 우리가 무슨 얘길 했더

라. 소시지가 맛있다, 육즙이 풍부한 걸 보니 수제 소시지인 것 같다는 식의 대화였던 것 같다. 바라보는 눈에 부러움이 가득했다. 나도 모르게 으쓱 어깨에 힘이 들어갔다. 그렇게 앉아 기분 좋아지는 얘기를 30분이 넘도록 나눴다.

아이들이 자랄 때 나는 내 욕심을 아이들에게 투영했다. 가정형편이 어려워 내가 하지 못했던 걸 가능한 한 다 해주고 싶었다. 고맙게도 아이들은 내 뜻을 잘 따라줬다.

어린아이를 홀로 유학 보낼 수 있었던 것은 아이의 미래를 위한 결정이기도 했지만, 한집에 살면서 좋지 못한 부부 생활을 보여주고 싶지 않은 마음이 더 컸다. 아이들이 자랄수록, 집 안의 미묘한 공기를 읽을 수 있을 만큼 철이 들수록 불안했다.

가끔은 동주가 유학을 갈 때 나도 함께 미국으로 갔더라면 어땠을까 상상해 보기도 한다. 하지만 안 간 게 아니라 못 간 것이라는 사실은 변하지 않는다.

친정이 미국에 있음에도 결혼 후 홀로 미국에 간다는 걸 상상하지 못할 만큼 나는 성인임에도 독립적이지 못했고, 용기를 냈다고 한들 남편이 허락할 리 만무했다. 그래서 감히 아이들을 따라가 뒷바라지하겠다는 말은 꺼내지도 못했다. 그때까지만 해도 내가 필요한 건 아이들이 아니라 남편이라고 생각해 "엄마는 아빠를 챙겨야 해"라고 말하곤 했다. 늘 우선순위가 남편이었던 거다.

홀로 유학을 간 첫날부터 동주는 기내에서 가방을 잃어버렸다. 혼자서 장거리 비행 후 짐을 챙겨 내리는 게 꽤나 긴장됐을 것이다. 하나부터 열까지 내가 모든 것을 케어해 온 터라 혼자서 무언가를 한다는 것이 더욱 힘들었을 거다.

이후에도 사건사고는 끊이질 않았다. 나를 닮아 향기에 민감했는데, 룸메이트에게서 발 냄새가 심하게 났던 모양이다. 영어를 잘 못할 때였으니 의사 표현도 제대로 못하고 속으로 삭이는데 눈물이 난다고 했다. 자신의 생각을 제대로 전달하기까지 6개월이나 걸렸고, 그 사이 매일 밤 울면서 전화를 하곤 했다. 동주가 울 때마다 누군가 둔탁한 망치로 내 가슴을 내리치는 것 같았고, 가끔은 뾰족한 송곳으로 콕콕 찔러대는 것 같았다.

그리고 어느 순간부터 동주는 더 이상 울지 않았다. 어린 딸을 홀로 미국으로 보낸 후 내가 흘린 눈물보다 더 많은 눈물을 흘리며 살았을 테지만, 동주는 내색하는 법이 없었다. 운다고 달라지는 게 없다는 사실도, 자신이 울면 엄마가 몇 곱절은 더 슬퍼할 거란 사실도 너무 일찍 알았던 거다. 일찍 철든 딸과 소녀 시절에 머물러 있는 엄마. 우리 둘의 공식적인 포지션은 그랬다.

어느 날 동주가 창밖을 보면서 힘없는 목소리로 말했다.
"옛날부터 엄마는 길을 잃으면 물어서 찾아갈 생각은 않고 꼭 아빠한테 전화를 하더라. 그러고는 힘들어하면서 울기 시작했고, 결국 아빠가 가서야 해결이 됐었어. 나는 그게 이해가 안 갔어."
답을 듣고자 꺼낸 말이 아니란 걸 안다. 남편으로부터 지시 사항을 전달 받아 움직였기 때문에 돌발 상황에 유연하게 대처할 능력이 없었다는 말은 그래서 하지 않았다. 그저 "지금은 어때? 지금은 '별거 아니네'라고 하잖아"라는 말로 대신했다.
비슷한 말을 아들 동천이도 한 적이 있다. "엄마는 위기를 모면하려고 울거나 생각도 하지 않고 재빨리 미안하다고 말한다"고. 나도 내 문제를 잘 알고 있다. 나는 집 안 분위기가 안 좋아지는 걸 못 견뎌했다. 내가 가꾸는 완벽한 집에 어색한 공기는 어울리지 않는다는 강박이 있었던 것 같다. 아이들에게 완전한 가정을 제공하고 싶은 의지가 너무도 강한 나머지 상처를 덮고 가리느라 급급했던 내 탓이 크다.

불행한 결혼 생활이었지만 내게도 행복한 기억은 있다. 아이들을 키울 때 정말 행복했다. 아이들을 위해 밥을 짓고 청소를 하고, 필요한 레슨을 알아보고 함께 배우면서 하루하루가 그렇게 즐거울 수 없었다. 뒷바라지하고 기다리는 과정이 모두 행복했다.

철없는 엄마가 된 것은 혼자 살면서부터다. 나를 인정하고 현실을 바라봐야 땅에 발을 딛고 사회 속에서 살아갈 수 있을 것 같았다. 완벽한 엄마의 포지션을 내려놓고 "내게 너무 많은 걸 기대하지 말라"고 솔직하게 말하기 시작했다. 내가 원하는 걸 말로 하니 삶이 단순해졌다.

나는 여전히 오버스럽다. 좋은 건 너무 좋고 싫은 건 너무 싫다. 감정은 과잉 상태고 표현은 지나치다. 좋게 포장하자면 호불호가 명확한 건데, 사실 이건 어른의 태도는 아니다.

지금도 내 속에선 엄마의 위치를 찾고 싶은 욕구가 꿈틀댄다. 이렇게 과년한 딸에게 용돈을 주고, 내가 아는 식당에 데려가 데이트를 하면서 "엄마 많이 변했지, 너무 잘 살지?"라고 묻고 싶은 걸 보면.

나의 베프, 동주

.

.

.

.

이혼 직후 미국에 머물 때였다. 친구를 만나러 나간다던 동주가 갑자기 내 손을 잡고 엄마도 같이 가잔다. 상실감에 빠져 있는 나를 집에 혼자 두고 나가는 게 마음에 걸렸던 모양이다. "네 친구들을 내가 왜 만나"라고 해야 정상인데, 고민 없이 따라나섰다.

자주 만나는 친구 여남은 명이 동주를 기다리고 있었다. 뜬금없는 친구 엄마의 등장에 아이들이 놀랐고 나도 몸짓이 어색해졌다. 그러나 쭈뼛대는 것도 잠시, 분위기에 취하고 말았다.

미국식 펍의 인테리어, 공간을 채우는 음악, 동주 친구들이 입고 있는 옷과 헤어스타일 등이 모두 새롭게 다가왔다. 난생처음 펍에 가본 사람처럼 눈을 동그랗게 뜨고 구석구석을 살피는 내 모습이 귀엽다며 아이들도 마음의 빗장을 풀었다.

"엄청 젊어 보이세요."

살갑게 구는 아이들에게 나도 농담을 건넸다.

"언니라고 불러도 돼."

동주 친구들과 미국에서 클럽에 같이 간 일이 있다. 동주는 "엄마는 지금까지 경험해 보지 못한 게 많으니 속성으로라도 가르쳐주고 싶다"고 말했다. 세상에는 나와 다른 방식으로 사는 수많은 사람이 있고, 생각보다 우리 가까이에 있다는 걸 알려주고 싶었던 모양이다.

나의 최선은 딸의 친구들을 내 잣대로 판단하지 않는 것. 그저 '저런 친구도 있구나' 하고 넘어가는 편이다.

그렇게 서로의 영역을 침범하지 않으면 된다. '내가 어른이니까 너희들이 이렇게 해야 돼', '내가 어른이니까 너희들에게 이렇게 해도 돼'와 같은 태도는 별로다. 따지고 보면 '내가 어른이니까'라는 말 자체가 꼰대적 발상이다. 이영자 말대로 나이는 거저 먹은 거니 그걸로 유세를 부리면 안 된다.

아이러니하게도 인간관계의 경험이 적은 것이 도움이 되기도
한다. 나는 관계에 대한 선입견이 없다. 게다가 음주가무에 대
한 경험은 그들이 나보다 훨씬 우위에 있으니 그 분야에서 어
른인 체할 수도 없다.

요즘 애들과 친구가 되기 위해 나는 개개인에 관심을 두기보다
화제를 공유하는 방법을 택했다. 대화가 즐겁지 않으면 모임
은 지속될 수 없는 법이다. 동주 친구들과 만나면 음악과 영화,
책에 대한 얘기를 많이 나눈다. 별다른 사교 모임이 없는 내게
는 오랫동안 관심을 두고 차곡차곡 내 안에 쌓아뒀던 얘기를
풀어놓을 대화의 장이 생긴 셈이다.

사실 나는 내 또래들이 직면하고 있는 문제인 남편과 시댁, 대
출금과 노후에 대한 얘기에 크게 흥미가 없다. 남편이 사라졌
고 시댁도 사라졌다. 돈 문제가 남아 있긴 하지만 걱정한다고
해서 나아지는 건 없다. 그래서 이 나이에 이토록 영양가 높은
대화를 나눌 수 있는 친구들이 생겼다는 걸 이혼이 가져다준

선물로 여기기로 했다.

밖에서는 시간을 공유하지만 집에 있을 때 동주와 나는 각자 할 일을 한다. 동주는 공부를 하거나 일을 하고, 나는 방에서 영화를 보거나 음악을 듣는다. 가끔 내가 노는 모습이 재밌다며 사진을 찍거나 동영상을 찍어주기도 한다. 내가 자신에게 찍히는 걸 좋아한다는 걸 아는 동주가 내 기분을 맞춰주려는 배려라는 걸 안다.

그렇다고 딸과의 사이가 늘 좋기만 한 것은 아니다. 옷차림에 관한 한 더욱 그렇다. 동주는 몸 라인이 드러나는 옷을 즐겨 입는다. 일상은 SNS를 통해 공유되고, 종종 기사화되곤 한다. 기사 아래 달린 댓글이 가관이다.

십대 초반에 미국으로 간 동주는 한국에서 지낸 시간의 두 배 이상을 미국에서 지냈다. 사고방식 역시 미국인에 가깝다. 자신의 장점을 드러내거나 활동하기 편한 옷을 입는데, 호사가들의 입에 오르내린다는 게 부당하다는 동주의 얘기에 동의하지만 그래도 신경이 쓰인다. 나는 엄마니까.

결혼 전까지는 동주의 스타일에 일일이 참견했었다. 쇼핑할 때마다 마음에 드는 신발이나 옷을 사진으로 찍어서 내게 전송하면 내가 골라주기도 했다. 요즘도 SNS에 업로드할 사진을 골라 달라며 여러 장 보내는데, 어렸을 때는 오죽했을까. 하지만 이제는 거의 포기 상태다. 발전 가능성이 전혀 보이지 않는다.

나는 내 딸이 외모에 무신경한 게 싫다. 항상 시간이 없다는 핑계로 자신을 가꾸는 데 게으르다. 언젠가는 머리에 가로로 선명하게 몇 개의 줄이 그어진 채로 다니는 걸 본 적이 있었다. 혼자 집에서 염색을 하다 망쳤다는 거다. 나라면 커피 값을 줄여 미용실에 갈 것 같은데, 우선순위를 정하는 기준이 나와 너무 다르다. 지금부터 관리해야 된다는 말은 항상 귓등으로도 안 듣는다. 반려견인 클로이와 레아를 돌보는 시간의 반만 자신에게 투자해도 좋으련만.

나는 동주 나이 때 어땠더라. 옛날부터 나는 영화를 많이 참고했다. 시대의 풍요는 소설과 영화의 등장인물 옷차림에서 드러난다. 극한의 물질주의가 팽배했던 1920~30년대 미국을 보여주는 〈위대한 개츠비〉나 장식적이고 우아한 로코코 양식이 유행했던 18세기 유럽을 배경으로 하는 〈오만과 편견〉의 주인공들처럼 나는 고풍스럽고 우아한 스타일이 좋았다. 왜소한 체격 때문에 몸 전체를 가리기 위한 옷을 주로 입다 보니 생긴 취향이기도 하다.

여러 개의 옷을 레이어링해 가녀리고 여성스러운 스타일을 추구하면서도, 내 안에는 섹시하고 싶은 욕구가 있었다. 그 결과 '왕뽕'이 든 브래지어를 구입하기도 했다. 한껏 자기주장(?)이 강해진 가슴께를 보며 흐뭇해하고 있는 내게 디자이너 조성경이 말했다. "진짜 안 어울려요." 세상은 기대보다 냉정하다. 내가 동주에게 "너 그 옷 입지 마" 할 때 이런 기분이었을까.

우리는 쇼핑 스타일도 완전히 다르다. 동주는 바쁜 탓에 주로 인터넷으로 옷을 주문하는데, 나는 꼭 실물을 보고 소재와 바느질을 꼼꼼히 살핀 다음 입어보고 만져봐야 선택할 수 있다. 함께 쇼핑하러 가면 동주는 카페부터 찾는다. 내가 쇼핑센터를 샅샅이 훑어 마음에 드는 물건을 고르는 동안 카페에 앉아 제 할 일을 한다. 쇼핑센터를 뱅글뱅글 돌아 한 층을 모두 살핀

후 마음에 들면 동주를 불러 그 앞에서 패션쇼를 한 다음에야 구입을 한다. 그러고 나서 나는 쇼핑을 재개하고 동주는 다시 카페로 내려간다. 함께 쇼핑센터에 가지만 같이 쇼핑을 하지는 않는 모녀라니.

동주는 혼자 쇼핑하러 갔다가도 마음에 드는 물건을 발견하면 내게 사진을 찍어 보낸다. 내 선물을 구입하면서도, 내 깐깐한 취향을 맞추기가 어려우니 실시간으로 확인을 받는 거다. '딸이 주는 거라면 뭐든지 좋아'라는 보통의 엄마들과 달리 나는 좋고 싫음이 분명하다. 너무 직설적인 표현에 '다시는 내가 엄마 선물 사주나 봐' 하고 토라져야 정상인데, 동주는 이내 다른 사진을 보내온다. 의사 표현이 확실해 좋다는 딸이 있어 다행이다.

의사 표현이 확실하고 싫은 건 안 하는 타입이지만, 내가 그랬던 것처럼 동주 역시 내 입장에서 생각해 줄 때가 있다. 자유분방하고 자기 색깔을 드러낼 수 있는 옷도 좋지만, T.P.O.에 맞는 차림이 있다고 믿는 바 동주가 한국에 오는 날짜가 결정되면, 그때부터 내 잔소리가 시작된다. 교회 갈 때 입을 단정한 세미 정장을 챙겨라, 한국에 있을 때는 노출이 과한 옷을 입으면 안 된다 등. 물론 동주도 한국에 있을 때만큼은 내 의견을 따라준다.

올여름 휴가 때는 내가 좋아하는 레트로 스타일의 원피스 두 벌을 건넸다. 당연히 거절할 줄 알았는데, 어쩐 일인지 모두 가져갔다.

나를 인정해 주는 것도 동주다. 자신이 아무리 노력해도 결코 뛰어넘을 수 없는 분야가 내게 있다고 말한다. 살림, 패션, 인테리어 등 엄마의 재능을 가장 가까이에서 칭찬하고 힘을 준다. 자신을 가꾸는 일에 소홀한 딸이 싫다고 했지만, 한편으로는 아직도 딸이 엄마를 필요로 한다는 사실이 좋다.

나는 동주보다 잘하는 게 없다. 그만큼 똑똑하지도, 독립적이지도, 자신을 믿지도 못한다. 딸이 인정해 줄 때마다 어깨에 힘이 들어가 "내가 너보다 한 수 위야. 너는 나한테 안 돼!" 하면서 잔잔한 희열을 느끼는 철없는 엄마니까. 그래도 내 인생에 이런 베프가 있다는 건 분명 축복이다.

두 여자의 위대할 일생

·

·

·

·

2주 동안의 휴가를 마친 동주는 미국으로 돌아갔다.

〈어린 왕자〉의 여우처럼 동주가 온다는 얘기를 듣고 세상을 다 가진 양 행복했는데, 내 생활의 패턴이 바뀌는 게 힘들었는지 동주가 가자 여름의 끝자락에 심한 감기몸살에 시달려야 했다.

평소 같으면 전화해서 너의 빈자리가 얼마나 큰지, 네가 오기 전보다 지금 내가 얼마나 더 외로워졌는지에 대해 얘기하며 울먹였을 텐데, 이번에는 문자 메시지 몇 통으로 후유증이 끝났다. 심지어 조금 귀찮기도 했다. 내가 쉬고 싶을 때 쉬고 밥 먹고 싶을 때 먹는 생활에 익숙해졌기 때문이다.

점점 딸을 필요로 하는 순간이 줄고 있다.

우리는 비슷한 시기에 인생의 어려움을 똑같이 겪었다. 동주가 힘든 얘기를 꺼냈을 때 나는 두말하지 않고 헤어지라고 했다. 현모양처는 나에서 끝내도 될 것 같았다. 현모양처로 살기에 동주는 재능이 너무 많다. 이혼 시기가 비슷했는데, 그 때문인지 서로 의지가 많이 됐다. 말하지 않아도 부둥켜안고 한참 동안 울고 나면 무슨 생각을 하는지, 어떤 기분인지 알 것 같았다. 한편으로는 동주의 이혼 소식이 알려질까 전전긍긍하기도 했다. '그 어미의 그 딸'이라는 악플이 달릴 게 뻔했다.

그러나 두려움은 오래가지 않았고, 남을 의식하면서 내 불행을 외면하고 살았던 지난날의 고통이 딸에게는 반복되지 않아 차라리 다행이라는 생각이 들었다.

그때부터 내 인생도 변하기 시작한 것 같다. '남들이 나를 어떻게 생각할까' 걱정하던 인생이 '어떻게 하면 더 즐겁고 행복해질까'로 변한 거다.

그리고 동주와 나는 '우리'가 됐다.

동주가 했던 말을 기억한다. 엄마는 엄마가 할 수 있는 최선을 우리에게 해줬다고 했다. 가끔은 이런 말도 한다. 어린 나이에 엄마가 돼 나름의 방식으로 가정을 지키느라 애썼는데, 그것이 맞는 방법이었는지는 확신할 수 없어도 자신에게는 조금도 모자람이 없었다고.

동주는 또래에 비해 일찍 어른이 됐다. 유학을 가면서부터 빨래, 청소, 공부, 인간관계 등 모든 걸 혼자 해야 했기 때문이다. 슬프거나 가슴 아픈 일에 동주는 크게 마음 쓰지 않고 지나가는 편이다. 어쩜 그리도 쿨할 수 있느냐고 물으면, 지난 일에 자신이 할 수 있는 게 없는데 왜 길게 슬퍼하느냐고 답한다. 유학 초기에는 많이 힘들었지만, 같은 이유로 함께 미국으로 건너가 뒷바라지를 하지 않은 엄마를 원망하지 않았다고 한다. 그저 '엄마도 사정이 있겠지'라고 생각했다나.

계속 떨어져 살다가 잠깐 같이 지냈던 게 이혼 직후였다. 동주는 그때의 나를 '아기 같았다'고 표현하곤 한다. 어린 나이에 말도 통하지 않는 나라에서 친구들과 다투거나 인종 차별을 당했을 때도, 심지어 선생님의 미움을 받아도 혼자 삭이며 단단하게 자신을 다져온 딸 앞에 아기가 돼서 나타난 엄마라니. 부끄러워 자꾸 안으로 숨으려는 내게 동주는 "엄마는 그동안 너무 작은 세계에만 머물렀으니 이제부터 다른 방식으로 살아보자"고 했다. 자신이 도와주겠다면서.

동주는 고등학생 때부터 같은 여자로서의 내 인생이 안타까웠다고 했다. 당시에는 자신도 어렸기 때문에 말로 꺼내지 못했다고 말이다. 아빠 독재 체제라 반항이 불가능했기 때문에 적절한 시기를 기다렸는지도 모른다. 그리고 그 생각을 더욱 강하게 확신하게 된 때는 대학에서 여성학 강의를 듣고 난 후였다. 강의를 들으며 내내 엄마가 떠올랐고, 시간이 흐를수록 자신이 엄마를 도와야겠다는 생각을 했단다.
그러면서도 한편으로는 '현재 엄마의 삶이 엄마가 원하는 거라면 어쩌나, 엄마가 정한 울타리 내에서 행복하다면 그걸 건드릴 권리는 자신에게 없는 것 아닌가' 망설였단다.

한참 부둥켜안고 울다가도 동주는 "엄마도 쉬운 성격이 아니야" 말하곤 했다. 남의 탓을 하지 말자는 의미였다. 성격을 고쳐야 한다고는 말하지 않았다. 그 성격이 나를 감각적인 사람으로 만들었고, 그것이 자산이 됐으니 이제 와 굳이 고칠 필요까지는 없다고도 했다. 동주가 유학을 가지 않고 계속 함께 살았다면 어땠을까. 그래도 지금처럼 객관적으로 부모를 바라보고 이해하고 위로할 수 있었을까.

다행이다. 우리가 함께하지 않은 모든 시간이.

며칠 동안 감기를 앓고 나니 가을이 와 있었다.

옅은 두통 증세가 남아 있지만, 이 새벽에 배가 고픈 걸 보니 감기도 지나가는 모양이다. 침대에서 몸을 일으켜 식탁 앞에 앉아 물을 마시는데 노트 사이에 옅은 핑크색 편지 봉투가 삐죽이 나와 있는 게 보인다. 내가 저런 컬러를 골랐을 리 없다. 컵을 내려놓고 허리를 곧추세운 다음 조심스럽게 당겼다. '동주'라고 적혀 있었다. 앞으로 꽤 오랫동안 볼 수 없을 거란 서운함과 더 잘해 주지 못한 미안함에 대화를 하면서도 눈을 마주 보지 못했던 휴가의 마지막 날, 동주가 편지를 써서 두고 간 모양이다. 왈칵 눈물이 날 것 같았지만, 속으로 삼키며 혼잣말을 했다.

"편지지 촌스러운 거 하고는, 역시 넌 나한테 안 돼!"

엄마!

이제 슈퍼에서 음료수 하나도 못 사고, 은행 갈 때도 누군가가 같이 가야 했던 엄마가 아니네. 이번에 와서 엄마의 달라진 모습을 보니, 이젠 진짜 혼자 살아도 되겠어.

옛날 기억 나? 운전하다가 길 잘못 들었다고 전화해서 얼마나 울어댔는지 아빠가 일 다 접고 데리러 갔었잖아. 누가 보면 엄청난 교통사고라도 난 줄 알았을 걸.

난 그때 엄마가 정말 이해가 안 됐었거든. 길을 모르면 물어보고, 길을 잘못 들었으면 후진해서 원래 길로 돌아오면 되는데 엄마는 눈물이 모든 걸 해결해 줄 것처럼 울기만 하니까 안쓰러우면서도 답답했었어.

그때에 비하면 지금은 정말 많이 변한 것 같아. 엄마 스스로를 위해 좋은 발전이니까 앞으로는 더 씩씩하고 재미있게 살 수 있을 거라고 생각해.

나는 늘 엄마가 의견이 분명하지 않은 게 미안했어. 우리 때문인 것 같았거든. 덥다고 옷을 벗었다가도 내가 춥다면 엄마도 춥다고 하면서 옷을 다시 입고, 맛있게 음식을 먹다가도 내가 맛이 이상하다고 하면 숟가락을 내려놓곤 했었어. 유독 동천이와 내게만 그러더라고. 왜 그럴까 생각해 봤는데, 엄마가 우리에게 유대감을 느끼고 싶어 그런다는 걸 알게 됐어. 외롭지 않기 위해 엄마 스스로 보호하기 위한 방법이란 걸.

어렸을 때부터 엄마는 우리와 많은 걸 함께하고 싶어 했잖아. 우리가 피아노를 배우면 엄마도 같이 음악 공부를 하고, 우리가 그림을 배우면 미술 공부를 했던 것 같아. 물론 유난했지. 피아노 배울 때는 클래식 마스터가 된 것처럼 음악을 찾아 듣고 마음에 드는 곡이 있으면 '덕질'을 하듯이 공부했잖아. 그림 그리는 것도 벅찬데 엄마는 옆에서 그림 감상평 늘어놓고 미술사조에 대해 읊어주면서 비엔날레에 꼭 가야 한다고 팸플릿을 가져와 보여주곤 했어.

그랬던 엄마였는데, 내가 로스쿨 간다고 했을 때 그런 거 다 필요 없으니 같이 놀자고 했던 것도 기억하지? 나는 마음이 급한데 공부하는 내 옆에서 성악 레슨 때 배운 노래라며 마이크 들고 어찌나 노래 부르고 춤을 추던지. 동천이 SAT 준비할 때 인테리어 공사했던 거 생각하면 지금도 너무 웃겨. 시끄러워 집중이 안 된다고 했더니 오피스텔을 얻어줄 테니까 나가라고 했다며.

그런데 이상하게 나는 예고 입시 때 숨죽여 기도하던 엄마보다 로스쿨 준비할 때 옆에서 노래 부르던 엄마가 더 좋았어.

변호사 시험 합격했을 때 엄마가 그랬지. 내가 시험에 합격하게 된 건 다 엄마 덕이라고 예전처럼 기도만 열심히 했으면 스트레스와 부담감으로 내가 폭발했을 거라면서. 그렇게 뻔뻔하게 농담하듯 축하해 줄 수 있는 엄마의 변화가 나는 너무 좋아.

엄마가 이해되기 시작한 건 고등학생 때부터일 거야. 엄마가 얼마나 좁은 세계에서 생각이 자라지 못한 채 나이

들고 있는지 알게 됐거든. 이상하게 그 짠한 감정이 보호
본능으로 변하더라. 엄마는 엄마고 나는 딸인데도.
나는 앞으로도 엄마를 보호할 거야. 엄마가 내 도움을 필
요로 하든 말든 엄마를 돌볼 거야.

엄마는 내가 만난 그 어떤 사람들보다 재능이 많고 잠재
력도 많은 사람이야. 예전에는 집에만 있어서 사람들을
만날 기회가 적었고 사람들을 대하는 방법도 서툴러 엄
마 인생의 커리어를 쌓을 기회를 많이 놓쳤을 거야.
그런데 이번에 보니 사회생활 스킬이 많이 느는 것 같아서
안심이 돼. 엄마가 하는 일을 돕거나 함께 일을 하자는
사람도 많아져서 뿌듯하고.
예전에는 엄마가 하고 싶고, 누군가 엄마와 함께 일하고
싶어도 아빠의 존재가 너무 커서 차마 가까이 다가오지
못하는 사람이 많았잖아.

앞으로는 엄마에게 찾아오는 기회를 놓치지 말고 커리
어로 이어나가길 바라.

엄마 안의 재능이 드러나면 지금보다 훨씬 의욕적이고
충만해질 거야. 엄마의 인생이 더 반짝반짝 빛나길 기도
할게.

— 동주가

—

어떤 효도

.

.

.

.

이혼 후 비로소 엄마와 함께 있을 시간이 생겼다.

엄마는 늘 내게 먼 사람이었다. 결혼 전의 나는 엄마와 대화를 거의 하지 않았다. 왜 나를 가난한 집에서 태어나게 해서 배우고 싶은 것 못 배우고 갖고 싶은 것 못 갖게 하는지, 왜 나는 아빠 없는 집에서 살아야 하는지 등 내 환경이 못마땅했다.

엄마 탓이 아니라는 걸 알면서도 엄마 때문이라고 믿고 싶었던 것 같다. 나는 절대로 엄마 같은 엄마가 되지 않겠다고 결심했다. 지금 생각하면 정말 철딱서니 없는 얘긴데, 꽤 오랫동안 엄마에게 불만이 많았다. 이런 생각이 바탕에 깔려 있었으니, 같은 여자로서 엄마의 인생을 안타깝게 생각하는 동지애 같은 게 형성되지 않았다.

어려서부터 그랬다. 예쁜 것을 좋아하는 나와 달리 엄마는 멋을 내기는커녕 여자로서의 삶을 포기한 것처럼 대충 살았다. 먹고 사는 게 어려웠던 엄마의 인생에는 사치가 끼어들 틈이 없었다. 그렇게 절약이 몸에 밴 엄마는 살 만해진 지금도 깨끗하기만 하면 괜찮다며 너덜너덜해진 속옷을 입고, 밥상을 차리거나 차를 낼 때도 장식이라곤 하나 없이 경제적으로 차린다. 여유가 생겼음에도 미적 감각이 없다는 것이, 생활에 아름다움이란 여유가 끼어들 틈이 없다는 것이 나는 너무 싫었다. 내가 바라는 엄마는 실제의 엄마와 너무도 달랐다.

내 삶에 가장 큰 시련이 찾아왔을 때 곁을 지켜준 것 역시 엄마였다. 육체적으로 피폐해진 내게 매 끼니 밥상을 차려줬고, 정신적으로 불안한 내 곁을 24시간 지켰다.
시간이 지나 몸과 마음이 회복되면서 내가 얼마나 못된 딸인가 반성했다. 그리고 평생 데면데면하게 지내다 끝날 줄 알았던 엄마에게 잘해 줄 기회가 왔음에 감사했다. 앞으로는 무엇을 하든 엄마를 먼저 생각해야겠다고 결심했다.

그러나 엄마와 딸이란 이런 걸까. 이제 와 이렇게 엄마를 돌아보게 된 것이 미안하면서도 여전히 엄마의 방식은 나와 맞지 않는다. 그리고 결심은 때때로 무너진다.

음식점에 가면 엄마는 가격표를 슬쩍 본 다음 "나는 배가 부르니 하나만 주문하라"고 하고, 생수가 아깝다며 수돗물을 쓴다. 과일은 슥슥 껍질을 벗겨 내놓으면 끝이고, 싱크대의 살림 정리도 어딘가 모르게 마음에 들지 않는다. 엄마가 엄마로서 최선을 다할수록 나는 불만이 많아졌다. 그때마다 나는 짜증을 내고 엄마는 눈치를 본다. 딸 눈치 보는 엄마가 싫어서 반성을 하지만, 그 역시 오래가지 않는다. 같이 있더라도 집에서는 혼자 있는 걸 좋아하는 내게 엄마는 주변을 서성이며 이런저런 얘기를 한다. 그 순간을 참지 못하고 톡 쏘고, 엄마는 "다시는 안 온다" 하고는 서운해서 집으로 돌아가곤 하셨다.

엄마와 함께 지낸 몇 년 동안 새로운 면을 많이 발견했다. 엄마는 꼿꼿하다. 한숨을 쉬거나 앓는 소리 하는, 할머니 특유의 습관이 없다. 누군가에게 의지하려는 태도도 전혀 없다. 혼자 오래 살아 독립적이고, 오랫동안 가계를 홀로 꾸린 사람답게 씩씩하다. 현재 엄마의 삶에 대한 열정은 아픔을 겪은 딸에게로 향했고, 정성을 다해 나를 돌봐줬지만 엄마의 삶을 무너뜨리진 않았다.

나의 예민함이 극에 달했던 시기에는 불안과 피해의식이 합해져 잘못된 방향으로 분출시키곤 했는데, 가장 가까이에 있는 엄마가 그 대상이 되곤 했다. 나는 작은 일에도 짜증을 냈고 엄마는 묵묵히 받아줬다. 속상한 감정은 고스란히 엄마 얼굴에 드러났고, 미안해진 내가 쭈뼛대며 주변을 서성이면 아무 일도 없었다는 듯이 엄마는 나를 받아줬다.
타인을 상처 낸다고 해서 내 상처가 사라지는 것도 아닌데, 그땐 왜 그렇게 예민했을까.

그렇다고 내가 엄마와의 동거를 100% 만족했던 건 아니다. 엄마는 거의 24시간 내내 TV를 틀어놓고 드라마를 보곤 했다.

엄마가 좋아하는 드라마의 주인공들에게는 화가 너무 많았다. 출생의 비밀, 불륜, 누명 등 스토리도 전형적인 막장 드라마의 플롯을 따라갔다. 딸이 온 세상이 다 알도록 시끄럽게 이혼을 하고 슬퍼하고 있는데 굳이 저런 드라마를 볼 필요가 있을까 싶었지만, 엄마의 취미 생활이기에 "볼륨 좀 낮춰줘"라고밖에 얘기할 수가 없었다.

요즘은 나도 많이 변해서 드라마를 보고 있는 엄마 곁에 앉아 딱히 궁금하지도 않은 줄거리를 묻곤 한다. 엄마는 내가 빈티지 마켓에서 예쁜 그릇을 발견했을 때처럼 반짝이는 눈으로 술술 내용을 읊어주곤 한다. 그러면 나는 "어머어머", "미쳤나 봐", "어쩌려고" 같은 추임새를 넣는다. 일종의 효도다.

요즘은 맛있는 것을 먹고 좋은 것을 볼 때면 엄마 생각이 난다. 내가 누리는 모든 것을 엄마와 나누고 싶다. 오늘도 홍삼 즙을 하나씩 나눠 먹은 다음 마사지를 받으러 다녀왔다. 몇 년 전까지만 해도 "나는 마사지 받는 거 아파서 싫다" 하던 엄마는 "피로가 풀리는 것 같다"며 좋아한다. 점심을 먹으러 들어간 식당에서 메뉴판 가격을 먼저 스캔하고 "나는 배부르니 네 것

만 시키라”던 엄마는 “어쩜 이렇게 고기가 부드러울 수가 있느
냐”며 밥 한 그릇을 뚝딱 비웠다.

많은 여자가 그렇듯 나도 누군가가 내 살림에 손대는 게 싫다.
친정엄마라고 예외는 아니다. 그럼에도 요즘은 일부러 엄마에
게 일거리를 나누어준다. 마음에 안 드는 것투성이다. 과일 깎
아 놓은 것, 상차림 모두 마음에 안 든다. 손님들이 가고 나면
마음에 들지 않았던 점을 하나하나 얘기하는데, 엄마도 습관
이란 게 있어서 쉬이 고쳐지지 않는다. 누군가 내게 “당장 특
급 호텔 매니저로 스카우트되더라도 전혀 놀랍지 않을 정도의
솜씨”라고 칭찬한 적이 있다. 엄마가 내 기대치를 맞추는 날은
오지 않을 거다. 그럼에도 그나마 내 성미를 맞춰주는 사람도
엄마밖에 없다.
이렇게 티격태격하는 시간이 엄마도 나도 싫지 않다.

엄마가 나를 내심 자랑스러워한다는 걸 안다.
나는 집에 있는 시간이 길고, 집에서 가장 바쁘다. 청소, 요리,
설거지, 빨래 같은 가사 외에도 끊임없이 무언가를 만들고 그

리고 쓴다. 고속터미널 지하상가에서 포장지를 한 보따리 사와 선물을 포장할 때, 양재동 꽃 시장에서 사 온 꽃으로 꽃꽂이를 할 때, 간단한 티 테이블을 차릴 때, 묵상한 내용을 종이에 적고 그림으로 기록할 때 엄마가 나를 바라보는 표정은 내가 어린 동주가 상장을 받아 왔을 때의 표정과 같다. 공부도 살림도 가르쳐준 적이 없는데 전문가처럼 척척 해내는 모습이 기특한 모양이다. 내가 무언가에 집중해 있으면 엄마는 TV를 끄고 곁에 쪼그리고 앉아 심부름을 해준다. 셀로판테이프를 일정한 길이로 잘라주며, 가위나 풀 따위를 건네며 끊임없이 질문을 건넨다. 과거의 나라면 짜증을 냈을 텐데 요즘은 귀찮아하면서도 꼬박꼬박 답을 한다. 그게 엄마의 행복이란 걸 알기 때문이다. 내 방식대로의 효도랄까.

출근하려고 비니 모자를 쓰고 스웨터에 코트를 입고 나서는데 뒤에서 엄마가 한마디를 한다. "아무거나 써도 저렇게 인형 같으니 내가 인형을 낳았어." 처음 듣는 말이었다.

이혼하길 잘했다. 이혼하지 않았으면 엄마의 고마움도 모른 채 남편의 심부름만 하다가 내 인생이 끝났을 거다.

철들어 뭐하나

'다 카포 아리아'는 바로크 시대에 유행한 아리아의 형식이다. A-B-A′의 세 부분으로 구성되는데, 악보에는 A와 B만 기록되고, A′는 성악가가 A를 장식해 즉흥적으로 부르는 경우가 많다. 오래전부터 나는 삶의 곳곳에 다 카포 아리아 구성을 적용시켜왔다. 배우고 싶은 것이 있으면 따라 해보고 익숙해지면 내 식으로 변주해 A′를 만들었다. 숙련이 덜 되거나 인사이트가 충분하지 않다고 판단되면 A로 돌아가 다시 시작한다. 나만의 오리지널리티를 만들기 위해 기본기를 쌓고 무수히 반복해 온 성실함, 그것이 지금의 나를 만들었다고 해도 과언이 아니다. 이혼 후의 삶도 마찬가지다.

극복할 수 없을 거라 생각했다. 안간힘을 다해 버텼던 결혼 생활은 실패로 끝났고, 이혼 과정은 생중계되다시피 했으며, 그 과정에서 내게는 지워지지 않을 것 같은 멍울이 생겼다. 시간이 지나면 옅어진다던 멍의 기억은 6년이 넘은 지금도 누르스름하게 남아 있다.

완벽한 주부가 꿈이었던 때, 그 자리를 지키기 위해 나는 최선을 다했다. 사람들을 초대하면 전날엔 꽃 시장에 다녀와 테이블을 세팅했고, 신선해야 하니까 식재료는 당일 아침에 구입했다. 집에는 먼지 한 톨이 없었다. 영화 미술 감독도 나처럼 예쁘고 아름다운 식탁을 만들긴 힘들 거다.
손님과 같은 테이블에 앉아 식사를 한 적도 거의 없다. 최고의 서비스를 제공하려는 일류 호텔의 주방장처럼 주방과 식탁을 오가느라 바빴다. 이 또한 완벽하다고 생각했다. 하지만 내가 완벽에 가깝게 집안일을 해낼수록 사람들은 숨 막혀 했다.
그것은 누구를 위한 희생이었을까.

사람들이 나의 집을 불편해하고, 나의 환대를 숨 막혀 했던 이유는 그것이 상대를 위한 것이 아니라 나의 만족을 위한 일이었기 때문일 거다. 내가 그동안 실패를 거듭해 왔음을, 그제야 깨달았다. '실패 좀 하면 어때? 그게 뭐 그리 대단한 일이라고.' 이렇게 마음먹기까지는 오랜 시간이 걸리지 않았다.

나는 실수를 반복하는 걸 싫어한다. 그건 게으른 거니까.
이혼 후 내 삶의 중심은 한동안 허공을 떠돌다 나 자신에게 돌아왔다. 내가 설정한 완벽한 아내와 엄마의 자리를 지키기 위해 꽤 오랫동안 희생이란 이름 아래 욕망을 감추고 살아왔는데, 드디어 나를 위해 시간과 돈을 쓸 타이밍이 온 것으로 여기기로 했다. 하지만 야속하게도 하나님은 내게 깨달음과 시간, 돈을 모두 함께 주시지 않았다. 시간은 많은데 돈이 없었다.
세상이 그렇다. 가진 게 많을 때 절약하면 소탈한 취향이 되는데, 가진 게 없을 때 절약하면 궁상이 됐다. 궁상맞게 사는 모습을 보여주는 건 죽기보다 싫었다. 한동안 집에서 안 나가기도 했고, 일부러 사람들을 피해 다니기도 했다.

그즈음이었을 거다. 친구가 기분 전환시켜주겠다며 고속터미
널 상가로 데려가 필요한 것을 고르라고 했다. 꽃 시장과 종합
시장이 한데 모여 있는 고속터미널 상가는 내가 가장 사랑하
는 놀이터. 꽃과 나무와 나뭇잎 사이에 서서 숨을 쉬는 것만으
로도 위로가 됐다. 마음껏 고르라는 친구 얘기에 고속터미널
꽃상가 3층에서 이파리와 줄기를 한아름 고르고, 양재동 꽃 시
장으로 가 로즈메리 화분과 테라스 야자, 아레카 야자를 샀다.
나는 빨리 시드는 꽃보다 유칼립투스, 맥문동, 초록 불로초, 오
색버들, 죽아이비처럼 푸름이 오래가는 이파리와 줄기 식물을
좋아한다. 친구는 "꽃은 나중에 선물해 줄 테니 지금은 필요한
것을 고르자"고 회유하기도 했는데, 그 말에 나는 꽃도 내 마
음대로 살 수 없는 내 처지가 서러워 시장 한복판에서 울었다.
꽂아둘 데가 없어 껴안고 자더라도 나는 그때 그 유칼립투스
잎이 필요했다. 결국 그날 생필품이 아닌 꽃과 화분을 들고 집
으로 돌아왔다. 그리고 화병에 꽂아둔 푸른 식물이 있는 한 달
동안 거짓말처럼 행복했다.

이혼 전에는 나를 위해 돈을 쓰는 데 매우 인색했다. 여유롭게

살았지만, 나에게 차례가 오지 않았다. 나름의 소비 원칙이 있었다. 상품이나 서비스를 구입할 때는 가격이나 상표에 의존하지 않고 내가 직접 사용해 보고 판단하자. 백화점 명품관과 동대문시장, 고속터미널 지하상가를 다니다 보면 시장에서도 명품을 골라내는 안목을 기를 수 있다. 그것이 내 살림의 비결이자 무기라고 생각한다. 그래서 나는 한 번쯤 최고의 상품과 서비스를 소비하는 일을 투자라고 여긴다.

형편이 조금 나아진 후에는 다른 친구와 강원도 강릉으로 여행을 다녀왔다. 나는 최근 오픈한 고급 호텔이 궁금했다. 그곳에서 묵을 수 있다면 며칠 동안 굶어도 괜찮을 것 같았다. 그 호텔에 묵게 됐고, 기분이 좋아진 나는 잔돈까지 탈탈 털어 와인과 치즈를 사서 피크닉 가듯 짐을 꾸렸다.

호텔에 묵는 동안 구석구석 꼼꼼히 살폈다. 로비에 있는 조명은 누구의 작품인지, 바다를 최대한 실내로 끌어들이기 위해 어떻게 창을 냈는지, 라이브러리에 놓아둔 의자는 어떤 브랜드인지, 객실의 침구와 어메니티, 가구는 어떤 식으로 통일감을 줬는지. 호텔에 머무는 동안 시대가 지향하는 요즘의 트렌드에

대해 생각했다. '괜찮다. 집세 걱정은 내일로 미뤄두자.'

요즘의 나는 철없음을 유지하기 위해 노력 중이다. 몇몇은 이런 나를 한심해한다. '노후 준비는 안 하냐?' 하나같이 걱정과 질타가 섞인 복합적인 눈빛이다. 아마도 그들은 나를 먹고 싶은 것 다 먹고 사고 싶은 거 다 사면서 아무 생각 없이 노래나 부르는 여자로 보는 것 같다. 이것이 내겐 공부라는 걸 모른다. 마음이 가난한 내가 뒤처지지 않기 위해 평생 해온 숙제이고, 앞으로도 지속해야 할 훈련이다. 이렇게 길러진 안목이 그릇을 세트로 구매하는 우를 범하지 않게 했고, 명품 로고가 새겨진 가방에 집착하지 않게 만들었으며, 나다움을 유지하는 비결이 되었다.

'실패 좀 하면 어때? 귀여우면 되지.'

내 인생은 희망적이다. 내 나이 칠십이 되면 그 빛은 더 반짝일 것이다. 이 믿음의 근원이 무엇이든 난 멋진 생각들을 멈추고 싶지 않다. 기막힌 32년의 세월보다 앞으로 더 멋지게 살고 싶다.

돈도 필요하다

.

.

.

.

2016년부터 시작된 3년 동안의 대학교수 생활은 마이너스로 끝났다. 공간 디자인 강의는 이혼 후 나의 첫 사회생활이었다. 처음 강의를 제안 받았을 때 설렘과 두려움이 뒤엉켜 복잡한 기분이 됐다.

오랫동안 내 꿈은 프로페셔널한 가정주부였다. 집은 재능을 펼쳐 보일 수 있는 캔버스였고, 나는 매일 하는 세탁과 설거지, 요리, 청소 등 집안일을 창조적으로 하려고 궁리했다. 집 안을 가꾸면서 동선의 중요성과 조명의 역할을 알게 됐고, 인테리어에 쓰이는 재료의 특성에 대해 익히면서 어느새 공간 전문가가 돼 있었다. 대학에서 강의 제안을 받았을 때 그 노력을 인정받는 것 같아 설렜고, 교회에서 신앙 간증 외에 해본 적이 없는 내가 공간 디자인에 대한 강의를 해낼 수 있을까 두려웠다. 이혼의 트라우마로부터 완전히 벗어나지 못한 상태였기에 더더욱.

그러나 변화하려면 고통과 즐거움을 새로운 방식으로 연결하라고 했다. 내가 배운 것을 다른 사람들에게 가르치는 것은 타인의 삶을 발전시키는 데 도움이 되는 일이며, 핸디캡을 딛고 강단에 선다면 고통이 즐거움이 되어 돌아올 것임을 확신했다.

당시 나는 어디를 가도 시선을 집중시키는 '화제녀'였는데, 갓 스무 살이 된 아이들은 나에 대해 전혀 몰랐다. "엄마, 서정희 알아? 학교에 교수로 오셨는데, 연예인인가 셀럽인가 그렇대." 시간이 흐른 후에 내게 호기심이 생긴 몇몇 학생이 제 엄마에게 물어보고는 "그 서정희가 그 서정희니?"라는 말을 들었다며 신기해하는 정도였다.

평생 누구의 아내로 불리다 '옷 잘 입는 예쁜 교수님'이 된 나는 학교와 아이들이 좋아졌다. 학생들에게 인생의 노하우를 아낌없이 쏟아붓겠노라 다짐했다.

수업 준비는 어렵지 않았다. 나는 자타 공인 '기록녀'이기 때문에 특별한 준비를 하지 않아도 모아둔 자료가 충분했다. 학과장님의 지시에 따라 학기별로 커리큘럼을 구성한 뒤 모아둔 자료를 분류하기만 하면 됐다. 내심 '관련 분야 공부를 아무리 많이 했어도 내가 돈과 시간을 투자해 익힌 것만큼 직접 경험을 해본 사람은 없을 것'이라고 자부했다. 돈 잘 벌던 시절, 전세계의 내로라하는 럭셔리 공간은 거의 가봤으니까 완전히 틀린 얘긴 아니다. 럭셔리 호텔이나 명품 숍에 갔을 때도 나는 단순히 시각적 만족감에 취하거나 자랑하기 위한 모험담으로 경험을 소비하지 않았다. 탐나는 것이 있으면 집에 돌아와 흉내 내기를 수없이 반복해 내 것으로 만들었다.

그래서인지 나는 공간에 대한 인지 체계 자체가 달랐다. 공사 도면을 펼쳐놓고 어떻게 공간을 디자인할 것인지 말로 설명하라고 하면 자신이 없지만, 공사 현장에 데려가 공간을 계획하라고 하면 누구보다 잘 해낼 자신이 있었다. 스무 번도 넘게 이사를 하면서 인테리어 공사는 늘 내가 했었다. 나는 공사 현장이 좋았다. 그리고 예상했던 대로 대학에서는 집요하게 30년 동안 수집한 자료와 경험이 쓸모가 있었다.

강의 중에는 가끔 책과 영화 이야기를 했다. 가벼운 줄거리부터 캐릭터 분석, 시대적 배경과 의상, 건축물 등을 통해 공간 디자인을 설명하곤 했다. 그리고 '내가 싫어하는 스타일의 수업은 학생들도 싫어하겠지'라는 생각으로 강의실 밖에서 진행할 수 있는 실습 위주로 강의도 구성했다. 조를 나눠 프로젝트 단위로 그룹 브레인스토밍을 하고, 학기 말에는 프레젠테이션으로 마무리하는 형식이었다. 이유가 있다. 학교에서 내가 학생들에게 가장 가르쳐주고 싶은 건 거절당하더라도 꿋꿋하게 살아남는 법이었다. 산업 디자인을 전공하고 디자이너로 일하려면 나와 내 디자인을 타인에게 어필할 수 있는 자기만의 언어가 있어야 하고, 함께 성장할 동료도 있어야 한다. 학교 밖 현장 위주의 수업, 조별 과제, 프로젝트 발표 등을 통해 짧은 시간 내에 팀워크를 배우고, 성취감을 느낄 수 있도록 구성한 것이다.

평가에는 결과도 중요하지만 과제를 수행하는 과정의 노력도 반영했다. 아무도 몰라주더라도 과정에 임했던 성실함은 스스로가 알고, 그러한 성실함이 쌓여 재능을 넘는 능력을 갖게 된다는 사실을 말해 주고 싶었다. 그렇게 학생들에게 사회에 진출했을 때 위기를 넘길 수 있는 힘을 주고자 했다.

가성비로 따지자면 학교 일을 한 학기 만에 그만뒀어야 하는 게 맞다. 학교를 찾아가는 일, 주차장에서 강의실까지 계단을 걷는 일, 강의 자료를 정리하는 일들이 힘들게 여겨지기도 했다. 그런데 시간이 흐르자 왜 사람들이 강단에 서고 싶어 하는지 알 것 같았다.

우선 아이들이 너무 예뻤다. 민얼굴에 청바지만 입고 다니는 학생도, 서툴러 피부 톤과 맞지 않는 파운데이션을 바른 학생도, 오늘이 마지막 날인 것처럼 온갖 액세서리를 둘러 투 머치 패션을 보여줬던 학생도 너무 예뻤다. 희고 통통한 손가락, 햇빛에 오소소 일어난 솜털, 윤기 나는 머리카락, 목젖을 보여주며 웃는 모습까지도 너무 예뻤다.

그 나이 때의 나를 떠올렸다. '저 나이 때 나는 자존감이 바닥이었는데, 생각도 우울하고 얼굴에도 그늘이 있었는데…….'

학생들도 지금의 자신들이 불만이라고 했다. "저는 너무 뚱뚱해요", "저는 얼굴이 너무 커요", "저 이번 방학 때 쌍꺼풀 수술할 거예요"……. 아무리 칭찬을 해도 바로 듣지 않았다. 한편으로는 콤플렉스를 드러낼 수 있다는 건 더 이상 콤플렉스가 아니기에 그것 마저도 좋아보였다.

교수 생활이 마이너스로 끝났다는 건 수치적인 얘기다. 학교에서 준 강의료보다 학교를 오가며 먹은 고기값, 학생들에게 삼각김밥을 사주고 피자를 시켜주느라 지출한 비용이 더 컸다. 나머지는 얻은 게 더 많다. 여학생들은 내게 그 스커트는 어디서 샀느냐 묻고, 나는 학생들의 볼터치 컬러가 뭐냐고 물었다. 몇몇은 엄마가 '인증샷'을 찍어 오라고 했다며 함께 셀피를 찍기도 했다. 그렇게 안 외워지던 학생들 이름도 시간이 흐르자 다 외울 수 있었고, 급기야 주일에 교회에 가면 학생들의 이름을 하나하나 부르며 기도를 해주기도 했다. 가계가 마이너스가 되더라도 지속하고 싶은 일 중 하나였다. 학생들과 수업을 하면서 건강한 에너지를 듬뿍 받았다.

다른 수확도 있었다. 화장품 사업을 시작하면서 브랜드를 론 칭하고, 패키지를 디자인하는 과정 모두가 학생들에게 가르쳤 던 이론에 기초한다. 무언가를 배우려면 반드시 수업료가 든다 는 진리를 다시금 깨달았다. 세상에 버려야 할 경험이란 없다. 모든 경험은 소중하다.

내가 돈 앞에 쿨한 건 아니다. 먹고 싶은 것 다 먹고 하고 싶은 것 다 하면서 혼자 잘 살려면 돈이 필요하다. 기왕이면 미래를 계획할 수 있도록 고정 수입이 생기면 좋겠다.

그런 생각에 빠져 있던 2017년 초, 홈쇼핑에서 섭외가 들어왔 다. 솔직히 말하자면, 출연하고 싶지 않았다. 무언가를 사달라 고 권하는 것이 내 성향에 맞지 않았고, 무엇보다 '서정희 이혼 하더니 홈쇼핑 나오네' 같은 얘기도 듣고 싶지 않았다.

하지만 하고 싶은 일을 하려면 하기 싫은 일도 해야 한다. 하 고 싶은 일과 하기 싫지만 해야 하는 일을 모두 잘 해냈을 때 기회가 더 많이 주어진다는 것도 안다. 불행하게도 그 방송으 로 인해 하기 싫은 일을 했을 때의 나의 표정과 자세가 어떤지 화면을 통해 적나라하게 확인할 수 있었다. 홈쇼핑 첫 출연 방송은 두 번 보기 힘들 정도로 엉망이다. 지적을 엄청나게 받기도 했다.

사회적인 면역력도 약했다. 싫은 일을 억지로 하면 꼭 탈이 났다. 홈쇼핑 초기에는 내가 싫은 제품을 소개하면서 부대낌이 특히 심했다.

그러나 모든 경험은 소중하다. 이러한 시행착오가 나를 더 나은 길로 인도할 거라고 애써 생각하며 노트에 내 문제점이 무엇인지 하나씩 적기 시작했다.

방송 중 자신 있게 멘트를 하려면 내가 직접 제품을 써보고 장단점을 정리해야겠다고 생각했다. 귀찮더라도 다음 방송할 제품을 적어도 일주일 전에 직접 사용해 보고 장단점을 파악한 다음 사진을 찍어 사용기와 함께 제작진과 업체 관계자들에게 전달했다. 그러고 나서 방송에 임하니 여유가 생겼다. 나답게 입고 나답게 말하는 게 가장 자연스럽다는 걸 다시금 확인했다. 진정성 있게 접근하는 내 모습이 긍정적인 평가를 받은 것인지 그해 말 재계약을 하면서 리빙 프로그램을 계속하게 됐다.

많은 이들이 내가 명품만 좋아할 거라 오해하지만, 내겐 명품이 중요하지 않다. 화장품 역시 고가 브랜드를 사용하거나 꽤 까다로운 기준으로 제품을 선택할 거라 생각하겠지만, 나는 패키지가 예쁘고 향이 마음에 들면 구입한다. 내 발길을 잡는 것은 소호 거리의 디자이너 숍이나 유럽 뒷골목의 빈티지 숍인 경우가 많다.

명품을 좇으며 살지는 않지만, 명품 브랜드가 고객을 대하는 자세는 인정한다. 제품은 물론이고 매장에서 제공하는 서비스, 그리고 포장까지 브랜드 가치에 포함된다는 걸 알기에 제품을 구입하거나 선물을 받은 후 마음에 드는 포장이 있으면 사진을 찍어둔다. 포장지의 컬러와 재질도 꼼꼼히 살핀다. 리본은 따로 떼서 모아두고, 수건이나 가리개를 리폼할 때 활용한다. 그것이 내겐 놀이이자 취미였고 공부였다.

남들이 내게 원하는 이미지와 내가 원하는 이미지의 중간 즈음에서 타협하기란 쉽지 않다. 그럴수록 결론은 하나로 수렴됐다. 나는 나다워야 한다는 것. 그 과정에서 입안이 헐고, 병원에서 링거를 맞아야 할 정도로 힘들었지만 정말, 행복했다. 즐기면서 직접 돈을 버는 일을 할 수 있다는 것은 분명 행운이다.

타인의 시선으로부터 자유로울 권리

최악의 상황에서도 정신 건강을 유지하는 방법은 의외로 간단하다. 무신경하면 된다. 세상 돌아가는 것에 크게 관심을 두지도 않았다. 집에 있을 때 TV나 라디오를 켜두는 일이 거의 없고, 집에는 구비해 둔 잡지 한 권이 없다. 결혼 생활 중에는 가족들 뒷바라지와 집안일 그리고 신앙이 전부였다. 꽤 잘 알려진 개그맨을 남편으로 둔 탓에 미디어의 초점이 종종 나와 아이들에게 맞춰지곤 했는데, 그때마다 내 약점이 드러날까 두려웠다.

다니지 않은 대학을 다녔다고 하면 학력 위조가 되지만, 대학에 진학하지 않았음을 얘기하지 않는다고 해서 거짓말을 하는 것은 아니니까.

살림에 집중하게 된 것도 어쩌면 내가 잘하는 것을 발견했고 더 잘하고 싶은 욕구가 생겼기 때문인지도 모른다. 두드러지는 분야가 있으면 나머지는 그 빛에 가려지게 마련이니까.
나를 궁금해하는 사람들에게 친절하고 싶은 마음이, 과거의 내게는 전혀 없었다. 외려 곁을 주면 선을 넘을까 겁났다. 선을 넘어와 나를 들춰 실체를 알아챌까 봐. 그렇게 세상과 벽을 쌓고 살았다.

물론 지인들로부터 나쁜 얘기를 전해 들을 때가 있었다. 주로 외모에 대한 평가였다. '코는 100퍼센트 성형' '성형 괴물' '남편 돈으로 호강하는 여자' 등등. 좋지 않은 소문을 들을 때면 기운이 빠지긴 했지만, 그저 남 말하기 좋아하는 이들의 취미 생활 정도로 넘기려고 애썼다. 나만 아니면 되니까. 덤덤한 체했지만 미움을 받는 일은 반복돼도 내성이 생기지 않았다.

이혼 직후의 악플은 처참했다. 악플은 인간이 할 수 있는 범위의 것이 아니었다. 내가 죽어야 끝날 것 같았다.

악플이 내 생활을 침범할 수 있다는 것을 깨달은 건 불과 몇해 전의 일이다. 유튜브로 유행가를 찾아 듣고 영화를 보면서 배우가 된 내 모습을 상상하지만, 사실 스마트폰으로 내가 하는 일은 전화와 메시지, 카카오톡 그리고 사진 촬영 정도가 전부다. 인터넷 쇼핑은 물론이고 검색조차 거의 하지 않는다. 그래서 악플과 거리를 두고 살 수 있었다. 그러다 2016년 인스타그램 계정을 만들고 일상을 공유하기 시작했다. 터닝 포인트가 될 줄 알았던 SNS는 뜻밖에도 악플러의 놀이터가 되기도 했다.

바쁜 시간을 할애해 친히 내 인스타그램 계정을 방문해 내가 포스팅 할 때마다 악플을 다는 사람이 있었다. 도가 지나친 것 같아 몇 번인가 경고했고, 지켜보던 사람들도 눈치를 주며 자제해 달라고 댓글에 댓글을 달기도 했다. 꽤 오랫동안 멈추지 않았고, 수위는 점점 심각해졌다. 포털 사이트의 기사도 아니고 굳이 왜 내 공간까지 찾아와서 억측이 난무한 비난 댓글을 다는 걸까. 정체가 궁금해 해당 계정을 살폈고, 악플로 루머까지 생성하자 참을 수 없어 고소한 적이 있다. 그렇게 경찰서에서 마주한 악플러의 민낯은 너무도 평범해서 참담할 정도였다.

요즘 내게 가장 흔한 악플은 '자세히 보면 할머니', '노망든 할머니', '관종' 같은 표현이다. 뭐, 관종 기질이 있으니 관종은 패스. 할머니 공격은 조금 거슬린다. 일찍 결혼해 아이를 낳았고, 아이들이 출가해 가정을 이뤘으니 할머니가 맞긴 하지만 나를 칭하는 수많은 단어를 두고 '할머니'라고 표현했을 때는 행간에 조롱이 섞여 있다.

분노하는 내게 동주가 마릴린 먼로 얘기를 해줬다. 평생을 황색 언론의 노골적인 기사에 시달려야 했던 마릴린 먼로는 "아직도 내게 부러워할 것들이 있다는 의미"라고 쿨하게 웃으며 넘겼으니 엄마도 넘기라고.

여전히 미움받는 것에 서툴다. 왜 사람들은 나를 미워할까. 속상한 것은 제멋대로 내 외모를 평가하는 그들의 상상력이 아니다. 콤플렉스 극복을 위해 열심히 살아온 세월을 부정당하는 기분이 들기 때문이다.

이 나이가 되도록 외모로만 기억되는 건 슬픈 일이다.

헤디 라마는 1930~40년대를 대표하는 오스트리아 출신의 미국 배우다. 어렸을 때부터 수학과 과학에 재능을 보여 부모님은 과학자가 되기를 원했지만, 연극에 빠져 고등학교를 중퇴하고 베를린으로 가 연기 학교를 다니며 배우 활동을 하게 된다. 이후 군수 사업가 프리드리히 맨들과 결혼을 하는데, 부유한 사업가였던 맨들은 무기 산업과 관련된 과학자와 기업가를 초대해 사교 모임을 갖곤 했다.

당시 사회적 이슈는 어뢰. 과학에 재능이 있던 라마 역시 어뢰 주파수에 관심을 갖게 된다. 그러나 맨들은 라마가 출연하는 영화가 외설적이라는 이유로 연예 활동을 막았고, 심한 의처증 증세를 보였다고 한다. 결국 미국으로 도망간 라마는 낮에는 배우로, 밤에는 과학자로 살았다. 그리고 1942년 〈어뢰를 제거하기 위한 보안 무선 링크〉라는 논문을 발표한다. 제2차 세계대전에서 연합국의 승리를 도울 혁명적인 아이디어도 낸다. 아군의 어뢰 공격 성공률을 높여줄 대발명. 라마는 특허를 출

196

원하고 기술을 국가에 기증한다.

하지만 당시의 과학협회는 수많은 학자도 개발하지 못한 기술을 여배우가 개발했다는 사실을 인정하길 꺼렸고, 미 해군 역시 미국의 어뢰 구조상 맞지 않아 사용할 수 없다며 라마의 업적을 철저하게 무시한다. 그렇게 사장된 기술이 오늘날 이동 통신 기술의 기본 원리다. 와이파이, 블루투스 역시 이 기술에서 파생된 것. 이 기술은 1997년이 돼서야 인정받게 된다. 기술을 개발한 지 55년 만의 일이다.

이 이야기는 2015년 헤디 라마의 101번째 생일을 기념해 구글이 영상을 제작하면서 알려졌고, 다큐멘터리 영화 〈밤쉘 Bombshell: The Hedy Lamarr Story〉로 이어졌다.

어떻게 하면 사람들에게서 잊힐까 고민하던 무렵 〈밤쉘〉을 봤다. 열심히 살아도 나에 대한 평가는 외모에서 머물 것 같았다. 이혼하면서 애써 감추고 살았던 콤플렉스가 만방에 알려졌고, '엘리베이터 사건'을 당하고도 멋 부리고 미국으로 간 여자라는 낙인까지 찍혔으니 더더욱 극복할 수 없겠다고 생각했던 때. 〈밤쉘〉은 내게 희망이 됐다. 한편으로는 헤디 라마의 전기 영화인데 제목을 왜 글래머러스하고 섹시한 여성을 뜻하는 '밤셸'로 정했는지 궁금했다.

라마는 영화 〈엑스터시〉에서 전라로 오르가슴 연기를 해 세상을 충격에 빠트렸던 배우다. 합의가 되지 않았던 노출 장면을 감독의 협박으로 찍게 됐고, 교묘한 편집으로 '영화사상 최초로 알몸 오르가슴 연기를 한 배우'라는 수식어가 평생 그녀를 따라다녔다. 관능적 외모만 조명하느라 내면과 천재성은 누구도 들여다보지 않았다. 여섯 번의 결혼과 여섯 번의 이혼을 내세워 자극적인 가십 주인공으로 그녀를 소비했을 뿐이다.

영화에는 라마가 1990년 〈포브스〉 인터뷰에서 "나는 원래 외모가 아닌 두뇌에 관심이 많다"고 말한 육성이 나온다.

〈밤셸〉을 보면서 나는 사람들에게 하루 빨리 잊히기를 고민하기보다 더 열심히 내 전문 분야를 개척해야겠다고 결심했다. 악플을 수집하고 상처받으며 허비하기에는 내 삶이 너무 소중하다. 남들이 나를 보는 시선을 의식하기보다 내가 세상을 바라보는 방식을 결정해야 할 즈음이었다.

얼마 전 토크쇼에서 출연 섭외가 왔다. 엄마가 자주 보는 프로그램이라 오며 가며 보다가 애청자가 된 프로그램이었다. 추억 팔이나 신변잡기적 일화를 과장되게 표현하는 것이 대부분이지만, 토크쇼를 보고 있자면 다른 사람들이 어떻게 살아왔고 살아가는지 배우게 된다.

그러나 즐겨 보는 것과 내가 출연하는 것에는 차이가 있다. 나는 아직 TV 토크쇼의 빠른 흐름과 편집 속에서 내 이야기를 풀어놓을 만큼 가벼워지지 않았기 때문이다. 나를 잊지 않고 찾아준 작가에게 고마움이 앞섰다.

2019년 화장품 브랜드를 론칭하면서 스타트업이 밀집한 구로디지털단지 사무실로 출근을 하게 됐다. 많은 게 달랐다. 오랫동안 나는 청담동에 살면서 소위 청담동 삶의 패턴대로 살았는데, 그곳에는 지금까지 내가 속해 있던 사회와 완전히 다른 사회가 펼쳐졌다. 처음에는 두려웠다.

하지만 익숙해지니 사무실에 가는 일이 즐거웠다. 구로 근처의 맛집들도 알아냈다. 불편함보다 설렘이 더 컸다. 그들의 에너지를 받고 나를 일으켜가는 과정이 뿌듯하기도 했고. 내 외모를 회사원에 맞게 단속하는 일도 그만뒀다. 파리 한복판에

있어도 파파라치가 카메라를 들이댈 것처럼 화려한 복장으로,
직장인들 사이를 걸어 다녔다.

4

낭만에 대하여

새벽 기도 가는 길

·

·

·

·

창문을 열어놓은 채 잠들었더니 커튼이 침대 가운데까지 날아와 잠을 깨운다. 알람도 울리기 전인데. '쿵' 하고 창문이 바람에 닫히는 소리에 깨어 시계를 보니 잠든 지 겨우 2시간째. 숨을 몰아쉬며 뒤척이다가 일어나 샤워를 한 다음 전날 챙겨놓은 셔츠에 튤 스커트를 받쳐 입었다. 현관 앞에 놓아둔 성경 가방을 들고 집을 나선다.

나를 깨운 바람은 아직 거리에 머물고 있었다. 통행 차량이 거의 없는 새벽의 청담동 거리, 나뭇잎이 나부끼며 인사를 건넨다. 몇 걸음 걸어 골목으로 들어서니 익숙한 놀이터가 나타났다. 어둠이 채 사라지지 않은 푸른 아침, 어쩐지 오늘은 꽤 오랫동안 나를 괴롭히던 상념들이 바람에 씻겨 날아갈 것 같은 좋은 예감이 들었다.

교회에 도착할 즈음이면 교회 앞 포장마차가 장사를 마치고 의자를 테이블 위에 뒤집어 올린 후 마지막 정리를 한다. 고층 빌딩에서는 청소 아주머니가 건물 유리창을 닦고, 타박타박 걷는 내 곁으로 청소차가 지나간다. 잠이 덜 깬 채로 무의식적으로 걷다가도 새벽을 여는 사람들을 만날 때면 괜히 숙연해지곤 한다. 다들 부지런하게 사는구나.

나는 항상 정해진 시간에 규칙적으로 주님을 만난다. 교회 맨 앞자리가 내 자리다. 암묵적인 룰이 생긴 건지 누구도 그 자리에 앉지 않는다. 내가 기도를 쉬는 날에도 그 자리는 비어 있다고 한다. 평소처럼 맨 앞에 앉아 큰 소리로 기도를 드렸다.

새벽 기도를 하고 찬송하는 동안 지난밤의 슬픈 탄식은 기쁨으로 변하고, 세상의 근심과 걱정, 의심이 사라진다. 그리고 용기가 생긴다.

어린아이처럼 미련하고 약한 내게는 주님의 손길이 필요하다.

세상을 창조하고 이 땅에 오셔서 3년 반 동안 제자들과 함께 산 육신의 예수보다, 40일 동안의 부활의 예수보다, 성령으로 오신 인자하고 따뜻한 파라클레토스Parakletos께서 내 속에 들어와 완전히 하나가 되어주시는 거다. 그래서인지 기도를 드리고 돌아올 때면 세상 만물이 내게 말을 거는 것처럼 느껴진다. 나는 외롭지 않다. 주님과 함께이기 때문이다.

주님을 만나게 된 것은 외로움 때문이었다. 결혼 후 나는 철저하게 혼자였다. 친정 가족은 미국으로 이민을 갔고, 너무 일찍 결혼한 탓에 친구 관계도 다 끊어져버렸다. 아무리 둘러봐도 어둠만 있을 뿐 주변에 사람이 없었다. 그때 내 바로 앞에 주님이 계셨고, 나는 신앙에 깊게 스며들었다. 주님을 모신 이후 단 한 순간도 나는 주님 곁을 떠나본 적이 없다. 기쁘나 슬프나, 고민이 있거나 회개할 일이 있어도 주님을 찾는다. 나를 사랑하시는 주님을 전폭적으로 의지한다. 누군가 계속 나를 보고 있다고 생각하면 함부로 행동할 수가 없다.

아놀드 토인비는 모든 문명은 탄생과 성장, 붕괴, 해체의 4단계를 순환하며 발전해 나간다고 했다. 그 배후에는 나쁜 것이든 좋은 것이든 모든 것을 지배하는 특별한 힘이 있다고 했는데, 누군지 언급하지는 않았지만 나는 그것이 하나님이라는 것을 안다. 아내의 역할과 엄마의 직분을 수행하다가 견고한 나의 성이 붕괴되고 해체됐을 때, 주님을 믿고 기도로 이겨낼 수 있었다. 고난이 크면 축복도 큰 법. 인생 전체를 두고 바라봤을 때 이 고난이 내게 유익한 시련이었다는 걸 생각하며 살고 있다.

극한의 고통과 마주한 이들은 자기 자신을 무너뜨림으로써 고통을 잊고자 한다. 안 마시던 술을 마시고 신세 한탄을 하거나, 더 나쁜 길로 빠지는 실수를 범하기도 한다.

'엘리베이터 신'으로 기억되는 내 결혼 생활의 마지막 장면을 본 이들은 모두 나를 걱정했다. 이혼 후 집에만 있던 사람이 앞으로 어떻게 살아가려고 하느냐며 걱정했다.

나는 괜찮다고 했다. 경제적인 어려움이 따르겠지만, 내 뒤에는 하나님이 계시기에 분명 이겨낼 수 있을 것이고, 고로 나는 절대 흐트러지지 않을 거라고 말했다. 죽지도 않을 것이고 무너지지도 않을 거라고.

40년이 넘는 신앙생활을 하면서 나를 위한 기도를 시작한 건 최근의 일이다. 평생 전남편과 아이들에 대한 기도만 했었다. 신앙생활을 열심히 한 데에는 남편을 옳은 길로 인도하고 싶은 욕망이 있었다. 더 이상 나빠지지 않게 해달라고 매일 기도했다. 바람을 피우더라도 열심히 기도하면 다시 가정으로 돌아올 거라고 믿었기에 전남편이 내 기대에서 멀어지면 멀어질수록 나는 더욱 절박하게 기도했다. 이혼할 즈음에는 10번을 잘하고 1번을 못하면 내 믿음도 불량품이 될 것 같은 강박에 시달리기도 했다.

요즘은 회개한다. 내가 전남편을 인간으로서 이해하려 하기보다 내게 맞는 남편으로 만들려고 했던 건 아닌지, 아이들에게도 내 만족을 위해 강요한 것은 없는지에 대해서. 자식을 위해서라면 논개나 심청이가 되어 물에라도 뛰어들겠다고 했는데 과연 그 결심이 누구를 위한 것이었는지 회개한다. 혹시 헌신적으로 희생하는 엄마로 살기 위한 내 욕심은 아니었는지를.

2008년에 출간한 〈서정희의 주님,〉이라는 묵상 에세이를 보면 내가 얼마나 전남편을 숨 막히게 했는지 알 것 같다. 전남편에 대한 칭송과 믿음을 적어놨는데, 그것은 실제로 그가 변화한 모습이 아니라 변하길 바라는 나의 마음을 포장해 둔 거라는 생각이 든다. 그가 기도를 하면 나를 위해 시간을 내준 거라고 착각했고, 그가 교회에 가면 나를 사랑해서 움직인 거라고 착각했다. 단순히 기도를 했을 뿐인데 너무 많은 의미를 부여했던 거다.

아주 오랫동안 내가 왜곡된 편견과 판단으로 세상을 바라봤다는 걸 이혼 후에 절절히 깨닫는 중이다.

나는 여전히 사랑이 두렵고 삶이 두렵다. '나'라는 개체를 살리기 위해 부득이 이혼이라는 '관계의 죽음'을 선택할 수밖에 없었지만, 내가 그토록 지키려 했던 바벨탑도 무너졌지만, 나는 살아남았다.

혼자 살아가야 한다. 고독이 곧 성장이다. 아픈 만큼 성숙해지는 게 아니라 혼자인 만큼 더 성숙해진다.

요즘은 죽는 순간을 위한 기도를 한다. 편안하고 아름다운 죽음을 맞이할 수 있게 해달라고, 그래서 아이들이 마지막으로 나를 보내면서 '엄마는 아름답게 살다 갔다'고 생각하며 슬퍼하지 않았으면 좋겠다. 천국에서 해처럼 반짝반짝 빛나게 살 거라고 여기면서. 이것은 나를 위한 기도지만, 궁극적으로 남겨진 아이들을 위한 기도다. 죽는 순간까지 지속될 간절한 기도.

나도 멜로가 체질

-
-
-
-

안개 속에서 울고 들판에 서서 울고 외로워서 한참을 우는 사랑은 싫다. 내게는 가슴 터질 듯 열망하고, 사랑 때문에 목숨 걸고, 활화산처럼 터져 오르는 그런 사랑이 필요하다.

영화 〈티파니에서 아침을〉에서 내가 가장 사랑하는 장면은 오드리 헵번이 문도 열지 않은 상점 앞에서 크루아상과 커피를 마시며 홀린 듯이 상점 안을 들여다보는 장면이다. 나와 비슷하기 때문일 거다. 영화 〈로마의 휴일〉을 보면서 오드리 헵번이 그레고리 팩과 나눈 것 같은 연애를 하고 싶었다. 고민이다. 내게는 왜 남자가 안 생길까.

언젠가 개그맨 박명수가 라디오에서 '애인이 안 생긴다'는 청취자 사연에 "라디오에 사연 쓸 시간 있으면 뭐라도 찍어 바르고 사람 많은 곳으로 가라"는 현답을 들려준 적이 있다. 연애를 하고 싶다고 하는 내게 친구들이 해주는 말도 딱 그렇다. 영화 속 남의 러브 스토리에 취해 있지 말고 현실 속에서 남자를 찾으란다.

내가 연애에 있어 제자리걸음만 하는 것처럼 보이겠지만, 내 안에서는 몇 년 사이 큰 변화가 생겼다. '내 삶에 남자는 필요 없어'에서 '연애를 하고 싶어'로.

문제는 내가 20대처럼 연애하고 싶다는 거다. 현실 감각 떨어지는 것처럼 느껴지겠지만, 요즘 내가 하는 일은 잃어버린 40년을 속성으로 익히며 경험을 촘촘하게 채우는 건데, 연애는 10대 후반에 멈춰 있으니 20대부터 채워 현재에 이르러야 맞는 게 아닌가. 사정이 이렇다 보니 누군가를 소개 받아도 나는 20대 감정으로 이야기하고, 상대는 자신의 나이대로 받아들이니 대화가 잘 통하지 않을 때가 많다.

이혼 후 어느 정도 마음을 추스르고 나서 돌이켜보니, 내 인생에 남자가 전남편 하나뿐이라는 게 떠올랐다. 어쩐지 억울한 마음이었다. 첫 남자이자 아직까지는 마지막 남자라는 것도. '아직까지는'이라고 표현하는 건, 앞으로는 반드시 달라지리란 의지에서다. 이전에는 내가 한 남자를 만나 그 남자로 인생을 마치는 것이 주님이 내게 주신 축복이라고 생각했다. 순결한 여자의 삶은 곧 내 자부심이었다.

그런데 막상 이혼을 하니 주변에 남자가 한 명도 없다는 게 서글펐다. 소개팅을 했지만 연인의 연이 닿은 이는 없었다. 예뻐서 깜짝 놀랐다던 남자들은 내게 반하지 않는 걸까, 내가 섹시하지 않아서 그런가.

자기애가 지나치다 해도 할 수 없지만, 나는 내가 참 괜찮다. 관리도 잘해 나이보다 훨씬 젊어 보인다. 어떤 대화를 하더라도 주눅 들지 않을 정도의 교양을 갖췄고, 어떤 모임이라도 분위기를 부드럽게 만들 센스도 갖췄다고 생각한다. 설마 너무 예뻐서 부담스러운 건가. 거기까지 생각이 미치면 '왜 내게는 남자가 없는가'라는 주제에서 멀어져야 한다. 진짜 약이 필요할 수도 있으니까.

지난 몇 년 동안 멜로 영화 같은 사건이 벌어지길 꿈꿨지만, 기적은 일어나지 않았다. 왜 남자들이 좋아하지 않는 걸까 고민했다.

"너는 네가 너무 소중해서 연애를 못해."라고 말하는 친구들도 있다. 결국 눈을 낮추거나 일정 부분 나를 포기하라는 말인데, 그건 어려울 것 같다. 어떻게 지켜온 인생인데. 하여 나는 여전히 내가 기다리는 완벽한 남자의 조건을 작성하며 로망만 키우고 있다.

웃지 못할 촌극을 벌이기도 했다. 연말이 되면 한 살 나이를 더 먹는다는 사실에 조급해진다. 작년 12월 즈음이었나, 갑자기 올해를 넘기기 전에 어떻게든 남자와 자야겠다는 생각이 들었다. 지금 생각하면 말도 안 되는 얘긴데, 당시에는 제법 진지했다. 전혀 모르는 사람보다는 그래도 호감이 있는, 적어도 나쁜 사람은 아니라는 확신이 있는 사람 중에서 골라야 할 것 같았다. 그래서 믿을 만한 사람에게 밥을 먹다가 "나는 올해를 넘길 수 없으니 나와 잡시다!" 했더니 당황조차 하지 않고 큰 소리로 웃으면서 거절했다. 자신은 나를 잘 아는 친구이니 웃으면서 넘기지만, 만약 다른 사람에게 같은 식으로 얘기하면 어이없어 도망갈 거라는 충고도 덧붙였다. 아, 이게 아닌가.

작전을 바꿨다. 내가 힘들거나 어려울 때 SOS를 치면 언제든지 달려와 줄 12전사를 만들자. 예수의 열두 제자처럼. 그러나 세상 어떤 남자도 한 여자에게 열두 명 중 한 명이 되고 싶어 할 리 없다. 팬 심이 아닌 이성으로 발전할 가능성을 염두에 둔 관계에서는 더더욱. 육체적인 관계를 12명과 맺겠다는 게 아니다. 친구든 지인이든 괜찮으니, 내가 우선순위가 되는 남자들이 있으면 좋겠다는 거다. 이를테면 늦은 밤 고열에 시달리며 고통 받을 때 나타나 나를 병원에 데려다줄 사람 열두 명. 이 얘기를 하자 친구들은 "영화 좀 그만 보고 정신 차려"라고 했다.

"나는 이제 막 살 거야!"
흐트러짐이 없는 자세가 타인이 끼어들 틈을 주지 않는다는 충고를 듣고 저렇게 말하고 다녔다. 진심이었다. 사람들은 내게 '흰색을 닮았다'고 말한다. 아마도 화이트 계열의 옷을 입고 화이트 톤의 소파와 커튼, 행주까지 살림 속에 있는 모습이 미디어에 주로 노출됐기 때문에 그런 것 같다. 화이트에서 파생된 '순수'를 내 인생의 키워드로 가져가면 좋겠다는 생각에 이메일 주소에까지 'pure'를 붙여가며 욕심을 냈던 것도 사실이다. 그런데 혼자 살면서 다양한 것을 경험하며 발견한, 나도 모르던 내 안의 나는 상당히 컬러풀하다.

그때부터 내가 고수해 온 화이트 이미지가 짐처럼 느껴졌다. "막 살 거야"라는 말이 다소 거칠게 느껴질 수 있지만, 그 말은 곧 컬러풀하게 살아보겠다는 걸 의미한다.

그리고 컬러풀 서정희 프로젝트의 첫 목표는 '섹시'를 나의 연관 검색어로 만드는 것이다. 마주치기만 해도 모든 남자가 나를 쳐다보도록. 섹시 코드를 체화하기 위해 영화 속 주인공처럼 춤도 추고 노래도 했다. 1시간 동안 러쉬 매장을 돌아다니며 '사랑을 부르는 향'을 찾아내기도 했다. 한눈에 반하면 좋겠지만 그런 일은 쉽게 일어날 것 같지 않고, 당장 내게 넘어오지 않더라도 내가 지나간 자리마다 향기가 남아 나를 떠올리도록 만들어야겠다는 생각으로 고체 향수를 구입했다.

열심히 향을 풍기고 다니지만 아직까지 아무런 소식이 없다.

"뭐라도 찍어 바르고 사람 많은 곳에 가"라던 충고대로 영양가 높은, 시쳇말로 물 좋은 몇몇 소셜 모임에도 참석해 봤다. 그러나 나는 멀티태스킹이 안 되는 옛날 사람이었다. 하필 이 시점에 나는 왜 목적 외의 것에 한눈을 팔지 못하는 모범생이 되는지. 음악 얘기를 하는 모임에서는 음악을, 영화 얘기를 하는 모임에서는 영화를 취할 뿐 젯밥에는 전혀 관심이 가질 않았다.

결정적으로 나는 내 삶의 루틴이 무너지는 걸 원치 않았다. 내 생활 패턴은 유지한 채 남는 시간에 누군가 들어와 주기를 원하는데, 그 이기적인 요구를 맞춰줄 사람은 드물다.

혹시 이것들이 나를 질투해서 정말 괜찮은 사람은 소개해 주지 않는 건가. 지인들의 SNS를 보면 힙한 장소를 다니면서 즐겁게 사는 것 같은데, 그런 곳에 갈 때 왜 나는 안 부르지, 내가 주목받는 게 싫어서 그런 거 아니야?! 그래, 여자로부터 남자를 소개 받는 건 포기한다 치자. 그렇다면 남자들은? 연애하고픈 마음이 있는 줄 알았으면 진즉에 소개팅을 주선했을 텐데 왜 이제야 말하느냐며 반기던 그 남자들은 왜 아무런 소식이 없을까.

한번은 남자들의 마음이 궁금해 가까운 지인에게 물은 적이 있다. "대체 왜 나는 남자들에게 인기가 없는 건가요?" "당신은 사랑스럽고 보호해 주고 싶고 유쾌하고 다 좋은데 연인으로 발전하기는 부담스럽다"는 답을 해줬다. '다 좋은데' 앞의 얘기는 내 기분을 상하지 않게 하기 위한 배려일 테고, '부담스럽다'는 말이 진심일 게다.

그래도 우연을 포기하고 싶지는 않다. 〈티파니에서 아침을〉이 내게 벌어지는 날까지 더 잘 관리하는 수밖에.

아, 오해하면 안 된다. 나는 연애하고 싶지만 결혼을 다시 하고 싶은 생각은 전혀 없다. 누군가의 아내가 되면 나는 위험한 줄 알면서도 과거의 사이클로 돌아갈 거다. 헬퍼십이 강한 내 성향상 누군가를 케어해 줘야 안정감을 느낄 것이 뻔하다.

20대처럼 연애하겠다는 꿈도 포기하지 않을 거다. 육체적인 묘사가 리얼한 19금 영화를 보면서 반응하는 사람도 있지만, 헐벗은 채 침대 위에 누워 있는 커플보다 나처럼 주머니 안에서 손을 마주 잡는 장면에 반응하는 사람도 있다. 나는 그 애틋함이 좋다. 이렇게 연애 감정을 포기하지 않고 상상하는 것만으로도 나는 젊게 살 수 있다. 연애를 하면 손만 잡겠다는 의미는 아니다. 사랑하는 사람이 나타나면 보따리 하나만 들고 어디든 따라 나설 준비가 돼 있다.

내게는 화병에 꽃을 꽂아두면 그것이 예쁘다는 걸 알아주는 예민하고도 다정한 사람이 필요하다. 외모는 그리 중요치 않다. 〈미녀와 야수〉의 야수가 왕자보다 훨씬 멋있는 것처럼, 사람 자체가 풍기는 매력이 있다면 그걸로 만족한다. 스타일이 조금 촌스러워도 괜찮다. 짧은 시간 안에 완전히 바꿔줄 자신이 있다. 대신 문화적인 코드는 맞았으면 좋겠다. 공연이나 영화, 전시를 본 후의 감정을 함께 나눌 수 있으면. 그렇게 서로 부족한 부분을 채우면서 균형을 맞춰가는 것이 내가 꿈꾸는 이상적인 연애다.

오늘의 연애관은 이렇다. '사랑하는 사람이 나타나면 애들이

나 엄마를 생각하지 않고 보따리 하나 들고 따라나서겠다.'

요즘의 나는 늘 이러한 기대감과 호기심 때문에 바닥에서 3cm 정도 떠 있는 느낌이다. 그동안은 이성적인 상태로 머물기 위해 감정을 억제하려고 해왔는데, 요즘은 이 감정을 어떤 방법으로든 표현하기 위해 애쓰고 있다.

아끼다 뭐 된다던데, 재주든 감정이든 실오라기같이 남은 젊음이든 아껴서 뭐하나.

영화 속 주인공처럼

-
-
-
-

혼자 살면서 가장 많이 변한 것은 저녁 시간이다.

잘 놀아주던 친구들도 해가 지면 가정으로 돌아가고 나는 혼자 남겨진다. 나는 아직 내 안의 흥을 절반도 분출하지 못했는데 나를 두고 각자의 집으로 향한다. 야속하게도 친구들은 나의 자유를 부러워하고, 나는 신데렐라처럼 시간이 되면 집으로 돌아가는 친구들이 부럽다.

여럿이 함께 있다가 집에 오는 날이면 유난히 집이 횅하게 느껴진다. 집에 돌아온 나는 혼자서 노래를 몇 곡 더 부르기도 하고, 음악을 듣기도 한다. 그리고 누군가 함께 있으면 좋겠다는 마음이 들 때면 영화를 본다. 고요한 백색 소음도 좋지만, 가끔은 소리 생명체가 필요한 법이다.

영화를 보기 시작한 건 경기도 남양주 별내에서 다시 청담동 지금의 집으로 이사하면서부터다. 요즘은 일주일에 4~5편은 보는 것 같다. 외로워서 보기 시작했지만, 이젠 습관이자 취미가 된 거다. 예전에 본 영화를 다시 볼 때도 있고, 좋아하는 배우의 작품을 찾아보기도 한다.

개봉한 지 오래된, 당시 천문학적 숫자의 관객이 들어 패러디가 많이 된 영화를 보고 있노라면 나의 잃어버린 세월이 떠오르곤 한다. 무심코 지나간, 가치 없이 흘려보낸 세월이 40년이나 되니 당대를 대표하는 문화를 통해 그 시절을 추억하고 나름대로의 방식으로 보상을 받는 거다.

얼마 전에는 〈메디슨 카운티의 다리〉를 다시 봤는데, 처음 봤을 때와 느낌이 완전히 달랐다. 클린트 이스트우드가 메릴 스트립에게 이런 말을 한다.

"할 얘기가 있어, 한 가지만. 다시는 얘기하지 않을 거야, 누구에게도. 그리고 당신이 기억해 주었으면 좋겠어. 이 우주에서 이런 감정은 단 한 번 오는 거야. 몇 번을 살더라도 다시는 오지 않을 거야."

아, 난 이런 사랑을 해보지도 못했는데 어쩌나. 집중해서 보다 보면 영화 속 장면에 내 삶을 투영할 수밖에 없다.

영화는 어렸을 때도 좋아했다. 중·고등학생 때는 학교에서 단체 관람을 가곤 했는데, 나는 영화 노트를 만들었다. 평점과 줄거리, 감상을 정리한 노트였다. 음악에 대해서도 적었는데, 꽤 구체적이었다. 어떤 장면에 어떤 음악이 나왔는데 그 음악을 듣는 순간 참고 있던 눈물이 흘렀다든지, 비로소 주인공의 마음에 닿을 수 있었다든지. 〈닥터 지바고〉, 〈졸업〉, 〈애수〉까지 무수히 많은 영화로 영화 노트를 채워갔다.

영화 속에는 내가 좋아하는 것들이 다 있다. 배경이 되는 나라와 도시를 대표하는 건축물, 음악, 시대를 반영한 인테리어, 당시 유행했던 패션과 헤어, 그리고 아름다운 러브 스토리까지. 내게 영화만큼 많은 영감을 주는 매체도 드물다.

어쩌면 나는 〈파리로 가는 길〉의 다이안 레인처럼 누군가 나를 발견해 주고, 함께 파리를 여행하면서 맛있는 와인과 음식을 나눠 먹을 사람이 나타나길 기다리고 있는 건지도 모른다. 아니, 너무나 기다린다! 그게 아르노 비야르처럼 대책 없이 낭만적인 사람이라면 바랄 것이 없고.

나는 해피 엔딩이 좋다. '죽어도 해피 엔딩'을 외치는 이유는 영화를 보면서 내가 주인공이 된 것처럼 몰입하기 때문이다. 마음에 드는 장면은 현실에서 꼭 연출해 보기도 한다. 〈라라랜드〉에는 엠마 스톤이 턱 밑에 자동차 키를 대고 누르는 장면이 있는데, 차를 탈 때마다 따라 하면서 혼자 즐거워한다. '나 방금 완전 엠마 스톤 같았어.'

새벽 기도를 갈 때마다 지나는 골목은 〈미드나잇 인 파리〉의 배경과 닮았다. 그 길을 걸을 때면 오웬 윌슨과 마리옹 코티아르가 파티장에서 나와 산책하는 장면과 배경으로 흐르던 〈Parlez-moi d·Amour〉가 생각나 나도 마리옹 코티아르처럼 걷곤 한다.

얼마 전에는 〈파리로 가는 길〉에서 다이안 레인이 아르노 비야르와 함께 강가에서 와인을 마시는 장면과 비슷한 장소를 찾았다. 한강 둔치에 숲이 살짝 우거진 곳이 있는데, 여름이 오면 그곳으로 피크닉을 갈 생각이다.

〈내겐 너무 예쁜 당신〉을 볼 때는 예쁜 부인을 두고 뚱뚱하고 못생긴 여자에게 반하는 남자 주인공을 보면서 내 상황 같아 불쾌하기도 했다.

영화에 빠져 현실 감각이 떨어지는 것처럼 느껴지겠지만 어떤 영화는 나 자신을 객관적으로 판단하는 기준이 되기도 한다. 〈라스트 탱고〉가 그랬다. 포스터에 적힌 메인 카피는 '당신과 함께한 50년의 무대, 70년의 사랑, 그리고……'다. 탱고 역사를 바꾼 전설적인 페어, 마리아 니브 리고와 후안 카를로스 코페스의 이야기를 다룬 전기 영화다. 14세 소녀와 17세 소년이 만나 오랜 세월 동안 함께 춤을 췄다. 그들에 의해 뒷골목 클럽에서나 추던 탱고는 최고의 예술 공연이 되었지만, 완벽한 탱고 무대와는 달리 두 사람은 사랑과 다툼, 이별, 재결합 그리고 다시 이별이 반복되는 삶을 살았다. 남편의 마음을 빼앗아 간 젊은 여자를 할머니가 돼서도 질투하던 마리아 니브 리고를 보면서, 부부는 나이가 들면 사랑이 아닌 정과 의리로 산다는 말이 거짓처럼 느껴졌다.

죽는 순간까지 우리는 질투한다. 그리고 죽는 순간까지 사랑이 필요하다.

영화를 볼수록 영화가 궁금해졌다. 공부할 수 있는 방법을 찾다가 지인으로부터 괜찮은 인문학 강의를 소개 받았다. 최근 오페라와 재즈에 대한 인문학 강의, 사회 경제적인 흐름을 통한 트렌드 읽기 등 일부러 인문학 강의를 찾아다니며 듣는다. 이혼 전에는 내 선택의 모든 기준이 가족이었다. 요리를 배우는 것도 내게 도움이 되길 바라서가 아니라 좋은 엄마와 좋은 아내가 되길 원해서였다. 지금은 무언가를 선택할 때 마음이 한결 가볍다. 의무감 같은 건 없다. 좋으면 하고 싫으면 그만두면 된다.

이혼이 이렇게 내 삶에 날개를 달아줄 줄 몰랐다.

영화에는 엔딩이 있고 내 삶에도 언젠가 엔딩이 찾아올 것이다. 영화를 보면서 내 삶은 어디 즈음 와 있는지를 짚어보게 된다. 내 인생의 클라이맥스는 지났을까, 아니면 아직 찾아오지 않았을까. 인생을 정리해야 하는 나이인가 싶다가도 막연하게 60세 이후가 기대되기도 한다. 그런 날이면 마음이 봄날 너른 들판의 아지랑이처럼 피어오른다.

60세, 봄이여 오라. 마음의 장단을 맞춰줘야 한다. 디데이를 60번째 생일로 정하고 어디서 무엇을 해야 가장 좋을까 고민한다.

아무 일도 하지 않아도 행복한 상상으로 요즘 나는 매일 마음이 바쁘다.

나의 현실

·

·

·

·

한낮의 볕은 카랑카랑해서 잠시만 창가에 앉아 있어도 몸이
더워지는데, 창밖으로 보이는 나뭇잎은 날마다 조금씩 초록빛
을 덜어내고 있다. 신기하다. 보이지 않는 시간의 흐름을 시간
에 의해 변해 가는 풍경에서 읽어내고 있으니. 올해는 평년보
다 이르게 추석이 찾아왔다.

추석을 앞두고 유난히 분주했다. 이혼 후 6년 만에 처음으로
고마운 분들께 선물을 보냈는데 선물할 사람들의 목록을 작성
하면서 드디어 마음의 짐을 덜 수 있게 됐음에 감사했다. 곁에

서 살뜰하게 보살펴주는 친구들과 일하면서 알게 된 지인들, 그리고 오래된 팬들도 목록에 포함시켰다. 200개가 넘는 선물을 직접 포장하고 상자를 열었을 때 기분 좋아지라고 인조 나뭇잎과 패키지와 어울리는 속지를 컬러별로 넣었다. 에어 캡도 매트 블랙, 메탈, 옐로, 블루, 퍼플을 준비했다. 포장을 하면서 손끝이 붉게 달아오르고 손톱 위 여린 살들이 다 일어났다. 반지를 끼지 못할 정도로 손이 퉁퉁 부었는데도 좋았다. 내가 홀로 설 수 있도록 기도하고 응원해 주신 분들께 '덕분에 저는 잘 살고 있습니다'라고 띄우는 편지 같은 거라고 여겼다.

막상 추석 연휴가 시작되자 힘이 빠졌다. 선물 포장하느라 바빠 음식을 사지 못해 엄마와 둘이 마주 보고 앉아 컵라면을 먹고, 햄버거를 먹으며 며칠을 보냈다. 하필이면 인덕션도 고장 나 음식을 해 먹을 수도 없었다. 전자레인지에 데워 먹을 수 있는 카레와 김, 슬라이스 햄이 반찬의 전부. 송편 하나 못 먹고 지나는 추석이 어쩐지 서글펐다. 빨리 추석이 지나기를 기도했다.

혼자 살면서 내게 집중할 수 있어 매일 하루만큼 더 행복해졌다고 말하던 나는 사라지고 외로움만 남는 기분. 19평밖에 되지 않는 집이 너무 허전하고 넓게 느껴져 침실에서 거실까지 걸어 나오질 못하고 누워서 영화만 봤다.

지금은 음식을 해도 먹을 사람이 없으니 명절이 돼도 장조차 보지 않는다. 선물 포장으로 체력이 방전된 채 누워서 음악을 듣는데 명절 음식을 만들고 싶었다. '결혼을 해야 하나? 명절에 함께 음식을 해 먹으며 평범한 행복을 되찾기 위해서라도.' 생각이 거기까지 미치자 정말 혼자 살 자신이 없어졌다.

명절 스트레스에 시달리는 친구들은 배부른 소리 한다고 핀잔을 주겠지만, 아무리 좋은 시간도 혼자 보내려니 쓸쓸하고 외로운 게 사실이다. 형제자매가 모두 미국에 있는 엄마도 이번 추석이 꽤 외로웠는지 내가 "명절이 싫다"고 하니 "나도 싫다"고 한다. 한국의 명절은 가족 중심의 행사니까.

이런 종류의 외로움은 평일 저녁이나 주말에도 느끼곤 한다. 친구들이 가정으로 돌아가고 나면 나는 혼자가 되는데, 원래 혼자 있는 것과 홀로 남겨진 것은 조금 다르다. 그것이 외로움의 간극이 아닐까 싶다.

홀로 몇 번의 명절을 보내면서 혼자 씩씩하게 할 수 있는 일이 있고 없는 일이 있음을 알았다. 나는 남들 다 가진 실생활에 필요한 기술을 습득하지 못했다. 남들이 한 번에 처리하는 일을 나는 발품 팔아가며 처리할 때가 많다. 종합 소득세를 신고할 때는 이메일로 주고받아도 되는 서류를 떼기 위해 거래 은행마다 찾아다녔고, 엄마의 비자를 연장할 때는 방법을 몰라 애먹었다.

몇 번의 위기가 지나가자 내 상황을 객관적으로 인지할 수 있게 됐다. 아무런 힘도 못 쓰는 80세 노모와 60세가 다 된 딸이 현재 엄마와 나의 현실이었다. 더 나이가 들어 아파서 병원에 갈 때도 몸을 추스르고 혼자서 내 발로 찾아가야 한다는 현실이 서글프다.

이럴 때마다 곁에 누군가가 있었으면 좋겠다. 다시 결혼하고 싶은 마음은 없지만 지금보다 더 나이가 들어 혼자 사는 게 불가능해졌을 때가 벌써 걱정이다.

혼자인 것은 엄마도 마찬가지. 엄마에게 미래가 걱정되지 않느냐고 물었다. 의외로 엄마는 하나도 걱정이 안 된다고 답했다.

"네가 걱정돼서 난 못 죽는다." 졸지에 엄마를 장수시키는 효
녀가 됐다.

다리가 불편한 엄마는 절뚝거리는 다리로 나를 케어하기 바쁘
다. 영양제를 꼬박꼬박 챙겨 먹으며 기운을 낸다.

"엄마, 누구 때문에 오래 살아?"

"너 때문에 오래 산다."

"그럼 내가 효녀네?!"

외로움을 동력으로 추석이 지나자마자 소개팅을 했다. 이혼
후 6년 만에 처음 하는 소개팅. 낯선 사람과 있는 건 적응이 안
된다. 예전에는 그 불편함을 온몸으로 표현해 상대를 쫓아버
렸는데, 이제는 최대한 어색함을 드러내지 않으려고 노력한다.
그 노력의 가장 아랫부분에는 새로운 경험을 하고 싶은 욕구
가 있는 것 같다. 서로 연인이 되지는 않더라도 만남을 지속해
관계를 쌓아보고 싶은 욕구, 새로운 사람과 대화하면서 내 호
기심을 자극하고 싶은 욕구.

폐쇄적이던 마음가짐이 바뀌어서 그런가. 최근 몇 년 사이 새

로운 사람들을 만났다. 친구들은 이 나이가 되면 알고 지내던 관계도 줄여나간다고 하던데 나는 이제야 새로운 관계를 만들어가고 있다. 그렇게 뒤늦게 인간관계를 넓혀가는 중이다. 하지만 그 많은 사람이 명절이 되자 나를 완전히 잊었다. 바쁘게 지냈기에 여유가 생겼을 때 더 외로웠던 걸 수도 있다. 그 외로움을 받아들일 수 있어야 진정한 나의 솔로 라이프가 완성되는 건데 왜 올해는 외로움이 더한 걸까.

숲은 봄에 가장 아름답지만, 겨울에 가장 분주하다고 한다. 두 번째 꽃이 핀 것인 양 화려한 단풍이 지나가고 빈 나뭇가지만 남은 그 즈음이 숲 순환의 시작이라고.
씨앗이 땅에 떨어지는 방식은 다양하다. 민들레 홀씨처럼 멀리 날아가기도 하고, 소나무 씨앗처럼 날개를 달고 춤을 추며 자리를 찾아가기도 한다. 무궁화 씨앗은 빗물에 씻겨 멀리 가도록 솜털로 둘러싸여 있고, 산사나무는 새의 먹이가 돼서 과육을 내주고 씨앗을 옮긴다.
나의 계절은 지금 겨울을 지나 봄으로 가는 중이다. 내가 민들레가 될지 소나무가 될지는 꽃이 피어봐야 알겠지만 봄을 향해 가는 중인 것만은 확실하다.

하여 봄을 기다리듯 나는 약속이 없더라도 늦은 저녁이 되도록 누군가 불러주길 기다린다. 밤 10시, 내 맘대로의 외출, 이보다 짜릿한 게 있을까.

약속에서 돌아온 후에도 흥을 다 쏟아내지 못한 나는 영화를 보며 감정을 모두 소진한 후에 잠이 든다. '프리덤!'을 외치면서.

웰컴 투 정희 월드

．

．

．

．

어릴 적 엄마의 자리는 외할머니가 대신했다. 자식을 넷이나 두
고 떠난 남편 때문에 엄마는 일찍부터 생활 전선에 뛰어들었다.
건강하고 활발한 형제들과 달리 나는 체구가 작고 수시로 빈
혈에 시달렸다. 잘 먹지도 말하지도 않는 내가 입을 꽉 다물고
구석에 앉아 있으면 할머니는 별나다며 혀를 차곤 했다. 왜 먹
지 않느냐며 달래듯 말을 해도 반응하지 않았다.

사실 나는 손 닿는 대로 툭툭 올려놓은 할머니의 밥상이 싫었
다. 찌개를 덜지 않고 한 냄비에서 퍼먹는 것도, 김치찌개에 둥
둥 뜬 쇼트닝 기름 덩어리도 모두.

할머니 말씀은 안 듣고 조그만 게 잔소리를 해대면서, 신발이나 옷에 흙이 묻는 게 싫어 밖에 나가 놀지도 않고 집에 앉아 인형 옷을 그리며 엄마를 기다리는 초등학생이라니.

아이러니하게도 나이가 들고 내 방식대로 내 살림을 살다 보니 독특한 내 성향은 취향이 됐다. 어렸을 때처럼 인형 옷을 그리며 놀지는 않지만, 오랫동안 내 놀이의 영역은 집 안을 벗어나지 않았다.

살림에 대한 애착을 나열하자면 끝이 없다. 꽃도 좋고 그릇도 좋지만, 패브릭의 질감도 좋아한다. 패브릭의 세계는 섬세하고도 오묘하다. 태그에 '순면 100%'라고 쓰여 있다고 해서 다 같은 면이 아니다. 원사의 종류와 직조 방법 그리고 바느질 방법에 따라서도 느낌이 달라진다. 힘들어도 손다림질을 하는 이유는 패브릭의 아름다움을 최대한 살리기 위한 수단 중 하나다.

사람들이 명품 쇼핑백을 버리지 않고 모아두듯 나는 마음에 드는 원단을 모아둔다. 선물을 받으면 선물 자체보다 포장재에 관심이 많이 가는데, 브랜드 로고가 새겨진 리본과 태그를 따로 떼서 보관한다. 그리고 잠옷이나 수건, 에코백 등에 구멍이 나거나 장식이 필요할 때 손바느질로 태그처럼 달면 느낌이 새롭다. 마음에 드는 잠옷이나 슬리퍼는 자주 빨아 구멍이 나도 쉽게 버리지 않고, 낡은 부분을 몇 번이고 꿰매서 사용하고 때로는 패치를 달거나 천을 덧대 수명을 연장시킨다.

고속터미널 지하상가에서 구입한 1000원짜리 바구니는 패브릭으로 커버를 만들고 보관해 둔 포장 리본으로 태그를 달아주면 순식간에 명품 브랜드에서 출시한 라이프스타일 라인의 제품으로 변신한다. 옷걸이에 걸어둔 옷은 옷장 문을 꽉 닫아두어도 어깨가 먼저 삭는데, 삶을 수 있는 패브릭으로 커버를 만들어 옷 위에 덧씌워두곤 한다. 좋아하는 옷을 오래 입기 위한 방법이기도 하고, 색상과 길이와 형태가 제각각인 옷을 같은 옷장에 넣었을 때 통일감 있게 보이기 위한 나만의 방법이기도 하다. 이게 지난 30년 동안 내가 집에서 혼자 놀던 방법의 일부다.

살림이 취미의 영역이라면, 나는 장비병이 심한 취미 생활자다. 오래전부터 여행을 가면 유명 건축물과 유적지에 가는 대신 디자이너들이 선호하는 골목을 찾아다니곤 했다. 알려진 명품 말고 나라마다 그 나라 사람들이 사랑하는 디자이너 브랜드가 있는데, 그걸 찾아내는 게 내겐 여행하는 재미다. 패브릭, 조명, 그릇, 가구, 미술도구, 바느질 소품 등 특정 제품을 전문으로 파는 상점이 모여 있는 골목을 찾아가면 해당 분야의 장인들을 만나게 된다. 디자이너가 돼서 디자인을 공부하는 게 아니라 원단 가게와 양장점, 부품 가게 등을 다니며 옷을 배우는 거다.

그리고 아주 마음에 드는 부품이 있으면 내 서랍 속에 있는 물건들과의 조화를 생각해 몇 가지를 구입한다. 이런 패턴이 내 호기심을 자극해 삶의 질을 높여주는 요소가 됐다.

긴 세월 동안 누군가를 따라 하며 내 것으로 만들었고, 60세가 다 되어가는 지금도 반짝이는 지혜를 가진 이들을 흉내 내며 살아가고 있다. 누군가 삶의 질을 높이고 싶어 한다면, 나는 기꺼이 지금껏 체득한 노하우를 그들과 나눌 생각이다. 종종 SNS에 찾아와 살림이나 미용 비법을 공유해 달라는 이들이 있다. 타인의 관심이 두려웠던 시절에는 가끔 무례한 요구라고 생각했지만, 힘든 일을 겪으며 일면식도 없는 누군가의 따뜻한 말이 위로가 된다는 걸 안 뒤에는 태도를 바꿨다.

나는 왼손잡이다. 칼질을 하든 가위질을 하든 내가 무언가를 하면 사람들이 불편하게 쳐다본다. 일 자체보다 사람들의 시선을 견디는 게 힘들어 나는 아무도 없을 때 홀로 정리를 한다. 그것이 습관이 되다 보니 과정의 번거로움은 생략한 채 완성된 결과만 보여주고 싶었다. 할머니의 영향도 있다. 왼손으로 글씨를 쓴다고 엄청 혼났었다. 그 트라우마에서 벗어나는 데 꽤 오랜 시간이 걸린 것 같다.

내게는 나보다 나를 더 잘 아는 30~40년 된 팬들이 있다. 그들은 나조차도 잊고 있는 나의 모든 역사를 꿰고 있다. 언제 샀는지도 모르는 헤어핀을 어디에서 구입했는지 기억하고, 오래된 원피스를 입고 나타나면 언제 입었던 건지를 기억한다. 나이가 들면서 자연스럽게 팬들과의 거리도 좁혀졌는데, 나를 좋아하는 친구들은 살림이나 인테리어에 관심이 많은 사람들이다. "언니처럼 되고 싶어요" 하던 애들이 어느새 한 분야의 전문가가 돼 있는 모습을 보면 대견하고 멋있다. 인테리어 디자이너,

플로리스트, 도예가, 요리사 등 각자의 분야에서 두각을 나타내는 이들도 꽤 많다. 그렇게 내 팬들이 내 자부심이 됐다. 요즘은 가끔 팬들을 집으로 초대하기도 하고, 내가 지방에 사는 팬들의 집으로 놀러 가기도 한다.

팬들과의 접점이 없던 내가 팬들을 처음 만난 건 1998년 〈서정희의 자연주의 살림법〉을 출간했을 때였다. 살림에 대한 실용서를 출간한 초창기여서 미디어의 주목을 받았다. 전국을 다니며 강의를 하고 사인회도 열었다. 데뷔 때부터 활동한 내용을 모아 파일을 만들어 온 팬들을 보며 받았던 감동은 말로 표현이 안 된다.
아마도 살림의 전문가가 되겠다고 결심했던 것이 그 즈음인 것 같다. 편견 없이 나를 좋아해 주는 사람들과 내가 알고 있는 것들을 공유하고 싶었다.

어쩌면 그렇게 맹목적인 사랑을 주던 이들이 나를 곡해할까 봐 이혼이 두려웠던 건지도 모른다. 내 살림의 완성은 완벽한 가정이라고 믿었으니까.

이혼 후에는 새로운 팬들이 생겼다. 한 그룹은 내 생활 동선 안에 있는 지인들이고, 한 그룹은 조용히 나를 지켜봐줬던 이들이다. 슬프게도 모두 여전히 엘리베이터 신만 기억하는지 하나같이 나만 보면 짠하다는 모드다.

SNS 계정을 만들고 일상을 공유하기 시작한 것은 오랫동안 마음으로 내 곁을 지켜준 팬들을 위해서다. 과거의 나라면 포스트 아래 달린 댓글을 읽고도 좋고 싫음의 감정 표현 없이 지나갔겠지만, 요즘은 아무리 사소한 것일지라도 답을 하려고 한다. 그것이 새로 생긴, 혹은 오래된 친구들에 대한 나의 감사의 표현이자 의리다.

인생 후반부를 함께 가고 있는 팬들을 위해서라도 나는 더 행복하고 잘 살아야겠다.

계획도 세워놨다. 열심히 일해서 돈을 벌 거다. 모두 불러 모아서 북 콘서트도 열고 디너쇼도 열 거다. 무릎에 얼굴을 파묻고 울던 19세 서정희의 삶은 더 이상 없다. 여러 사람들과 함께 씩씩하고 재미있게 살아갈 거다. 아, 군대처럼 행군을 하더라도 아름다움까지 포기할 순 없으니, 내가 가장 사랑하는 튜튜 스커트를 입어야겠다. 행진곡은 클래식으로 해야지!

혼자 사니 좋다

- ·
- ·
- ·
- ·

이혼 후 엄마와 살던 별내의 집을 정리하고 청담동으로 돌아왔을 때, 인테리어를 하면서 물색없이 웃음이 났다. 서울에 '동네'의 개념이 사라진 지 오래지만 익숙한 곳으로 돌아간다는 건 기쁜 일이다.

웃음 속에는 기대가 섞여 있었다. '어긋난 내 인생도 어쩌면 과거의 어느 시점으로 돌아가 다시 지을 수 있지 않을까' 하는 기대.

단순히 과거로 돌아가는 것은 의미가 없다. 지금의 기억을 가지고 돌아가 같은 실수를 반복하지 않을 수 있으면 좋겠다. 그

려려면 대체 몇 살 때로 돌아가야 하는 걸까.

결혼 생활을 하면서 여러 번 이사를 했다. 그때마다 직접 인테리어를 했고, 평범한 건물이 스타일리시하게 변해 '연예인 빌딩'이라고 소문이 나 집값이 오르기도 했다. 내 경험과 안목을 높이 산 셀러브리티들이 자신의 집을 맡겼고, 개인적으로 인테리어 의뢰를 해 오는 사람들도 생겼다. 내가 살던 집들은 완벽했다. 어느 공간에서든 '셔터만 누르면 화보'가 될 정도로 잘 정돈돼 있었다.

그러나 그 집들에는 내가 없었다.

이사한 집은 63제곱미터(19평). 지금까지 살아온 집들 중 가장 작다. 나만을 위한 공간으로 꾸며야겠다고 생각하고, 집을 고치는 내내 나만 생각했다.

인테리어를 하면서 화장실과 욕실의 콘크리트 벽을 부수고 불투명한 유리벽을 세웠다. 방문을 없애고, 천장도 높였다. 욕실 앞에 간이 화장대 겸 세면대를 설치하고 곳곳에 붙박이장을 설치해 수납력도 높였다. 침실 천장에 조명을 달고 나니 비로소 나만의 집이 완성됐다.

벽에 칠할 페인트를 고르고 볕을 가릴 커튼을 고르면서, 집이 하나둘 완성될수록 좋았다. 내가 좋아하는 잠옷을 입고 내가 좋아하는 실내화를 신고 다니고 싶은 생각에 설레서 잠이 오지 않을 정도였다.

집에 온 사람들이 '화장실이 투명하면 어쩌자는 거야'라고 물으면 '혼자 사는 집인데 뭐 어때. 여기서 볼일을 볼 수 있을 정도의 친한 사람만 집에 오라고 해야지' 같은 생각을 했었다.

예전의 나는 욕망이 없었다. 정확히 말하자면 나를 위한 욕망이 없었다. 먹고 싶은 것도 없고 하고 싶은 것도 없었다. 가족이 우선이라 원하는 게 있더라도 어차피 나는 '나중'이 되니 욕망이 자라나도록 마음을 두지 않았던 거다. 그래서 이 집만큼은 이기적일 정도로 나만 위한 공간으로 만들고 싶었는지도 모른다. 시선이 닿는 곳마다 크고 작은 거울을 놓아두고, 가전제품도 하이글로시 처리가 돼 내 모습이 비치는 것으로 들였다.

내 모습이 극도로 보기 싫을 때가 있었다. 되도록 내 모습을 마주치고 싶지 않아 대궐처럼 큰 집에 살면서 화장실에 손바닥만

한 거울 하나만 겨우 걸어뒀다. 그때 동천이가 물었었다. "설마 이게 다는 아니지?"

당시의 나는 심각한 외모 콤플렉스에 시달렸다. 화가 나면 전남편은 외모 지적을 많이 했다. 화초도 미움을 받으면 잘 자라지 못한다고 하는데 사람이 오죽했을까. 나쁜 말만 듣고 사는 나는 어느새 얼굴 크고 다리 짧은 못생긴 여자가 돼 있었다. 그러니 내 모습을 마주하는 게 얼마나 곤욕이었겠는가. 잠들 때마다 다시 일어나지 않게 해달라고 기도하곤 했다. 그리고 그 집에서 나올 때까지 어디에도 거울을 더 놓아두지 않았다.

오랜 시간이 지나 극단적인 선택을 할 뻔했던, 하루에도 열두 번씩 마음이 바뀌던 시절에 깨달았다. 내가 나를 사랑해 줘야 남들에게도 사랑스럽게 보인다는 사실을. 이사한 집에서는 거울을 보며 나를 위한 예쁜 말을 수시로 해주고 있다.
속옷만 입고 거울을 보면서 춤을 추더라도 잔소리를 하는 사람이, 이제 없다.
강박에서 벗어나는 일도 필요했다.

다이어리는 진즉에 버렸다. 시간 관리에 예민하기 때문에 약속이 생기면 다이어리에 꼼꼼하게 적어뒀었다. 하루에 해야 할 일들을 시간대별로 나누어 정리하고, 거의 그대로 지켰다. 살림만 하는 여자의 다이어리라고 하기엔 지나치게 꼼꼼한 기록, 그 기록이 한때는 일상 속의 나를 견디는 힘이었는데 혼자가 되고 나니 그 강박 때문에 혼자가 된 것 같아 꼴도 보기 싫었던 거다.

그렇게 나를 조금 포기하자 나를 둘러싼 것들이 조금 읽히기 시작했다. 늘 예약된 스케줄대로 움직이던 인생에 비로소 빈틈이 생겼고, 작은 틈이 차츰 느슨해져 내게도 진짜 자유가 생겼다.

한결 편안해진 내게 친구들은 '부럽다'고 말하곤 한다. 물론 집에 와서 "왜 화장실이 유리로 돼 있어", "침실에 문이 없네" 같은 말도 빼먹지 않았다.

큰 집과 빈틈없이 정돈된 집, 사회적으로 성공한 남편과 바르게 자란 아이들이 있음에도 예전에는 누구도 나를 부러워하지 않았다. 아무도 속사정을 모르던 때였다. 현모양처가 꿈이었던 나는 성공적인 삶을 살고 있다고 자부했는데도, 부러움은커

녕 나처럼 살고 싶지 않다고 했다. 그때는 그들의 마음을 내 멋대로 해석했다. '나처럼 살지 못하니 나를 시기하고 질투하는구나.'

욕망이 없었기에 완벽함을 추구했을 뿐 인생의 중요한 가치인 행복을 간과하고 외면하고 살아왔음을 나중에야 깨달았다.

요즘은 주어진 순간을 행복하게 보내야겠다는 결심을 많이 한다. 오늘 하루가 기쁘지 않았다면 일부러 재미있는 일을 만들어 웃으면서 잠들려고 노력한다. '내일은 오늘보다 더 웃어야지' 하면서.

"늦바람이 얼마나 무서운 건지 너를 보며 알았어."

힘든 시기를 곁에서 지켜보면서 함께 견뎌준 친구가 얼마 전 내게 한 말이다.

"노는 게 너무 좋아."

간섭하는 사람이 없어졌다. 눈치봐야 할 대상도 없다. 친구를 만나고 들어와서도 늦은 밤에 노래를 부르고 영화를 보다 잠이 든다. 흥이 사라지지 않아서다.

사는 게 즐거운 일이라는 걸 뒤늦게 깨닫는다.

가까이 지내는 이들은 있었지만, 고민을 털어놓을 친구조차 없던 때가 있었다. 혹시라도 소문이 나 나의 불행이 그들의 안줏거리로 전락하면 어쩌나 좌불안석이었고, 그런 나는 지인들에게 비밀이 많고 속을 알 수 없는 사람일 수밖에 없었다.

고민이 깊어질수록 집에서 나가지 않았다. 주님께만 비밀을 털어놓고 도움을 청하며 눈물을 흘렸다. 사람들이 나를 몰라줘도 괜찮다고, 주님만 나를 아신다고 생각했다. 종교에 너무 매달린다는 비난을 받은 것도 내가 자처한 건지도 모른다.

그럴수록 나는 더 완벽한 상태를 유지해야 했다. 살림의 여왕이라는 타이틀을 유지하기 위해 얼마나 에너지를 쏟았는지 모른다. 그 순간 '나는 당신들과 달라'라고 선을 긋고 싶었는지도 모른다.

뒤늦게 마음을 열고 내 감정을 솔직하게 꺼내놓자 사람들은 나보다 더 못 견뎌했다. 위로받고자 했으나 애매하게 가까웠던 이들이 모두 떠났다. 남아 있는 이들도 나에게 충고를 했다. 내 모습이 초라해지니 나를 얕보는구나 싶은 자격지심에 고언과 질투를 구분하지 못하고 충고하는 이들도 멀리 했다. 한참을 그렇게 뒤틀린 채로 삐딱하게 세상과 시름을 하고 있었다.

동주는 종종 말한다. "인터뷰를 하면 아빠와의 좋았던 추억을 묻는 사람들이 있는데, 그들은 가정 폭력이 어떤 것인지 몰라서 그런 폭력적인 질문을 할 수 있는 거야"라고. 겪지 않은 사람들은 이혼이 얼마나 힘든 과정인지, 얼마나 큰 아픔을 동반하는지 결코 알 수 없다. 그럼에도 나는 과거의 나와 비슷한 상황에 놓여 있는 사람들에게 "너무 애쓰지 말라"고 얘기해 주고 싶다.

이혼할 때 가장 걱정되는 것은 세 가지. 경제적인 문제와 자녀 문제, 주변의 시선이다. 타인의 시선은 되도록 무시하는 게 좋다. 누구도 내 인생을 대신 살아주지 않는다. 아이들 역시 불행에 허우적대는 엄마보다 자기 인생을 잘 사는 엄마를 원한다. 경제적인 문제도 열심히 살다 보면 어떻게든 길을 찾을 수 있다고 믿는다.

강조하건대 이 책은 이혼 권장 도서가 아니다. 둘이서 함께 행복해지는 길을 찾아 항해 중인 이들을 응원한다. 불행 속에도 행복이 있어, 견디며 표류 중인 이들에게도 박수를 보낸다. 하지만 나와 같은 선택을 하려는 이들에게는 너무 애쓰고 살지 말라는 말을 꼭 해주고 싶다.

'늦바람 난 여자'라는 귀여운 별명을 붙여준 친구가 내게 이런 말을 했다.

"입만 열면 예수 얘기, 아주 지긋지긋했었는데 많이 좋아졌어. 세상 얘기 관심 없다, 드라마도 싫고 뉴스도 싫다, 그 시간에 기도하고 찬송가를 부르는 편이 훨씬 좋다더니. 같이 있어줄 사람이 필요한 것 같아서 다가가면 밀어내고, 다시 가까워졌다 싶으면 또 멀리 가 있고."

그 뒤로 비슷한 얘기를 종종 들었다. 조금 떨어져서 지켜보는 것이 좋을 것 같아서 늘 가까운 곳에 머물면서 먼저 손내밀어 주길 기다렸는데 시선을 맞추지 않았다고, 이상하게도 그 말들이 위로가 됐다.

과거와 달리 요즘은 SNS를 통해 살림의 시시콜콜한 부분도 공유한다. 누군가 칭찬을 하며 시도해 보겠다고 하면 친절히

답변도 남긴다. 나같은 사람도 10번을 도전해 해낸 일이니 당신은 5번만 해도 성공할 거라고. 마음을 열면 이렇게 자연스러운 것을, 그동안 내 자신을 너무 피곤하게 했다. 일상을 공유하고 나니 얼굴도 모르는 사람들과 묘한 유대감 같은 게 생긴 것 같기도 하다.

박수와 부러움을 받으면서도 외롭고 힘들었던 과거는 안녕, 내 연민에 빠져 사람들을 밀어냈던 과거도 안녕. 이제까지의 나와는 다른 방향으로, 나는 이미 걸어가고 있다.

쉼표 하나

·

·

·

얼마 전 연극 〈노래처럼 말해줘〉를 봤다. 책을 마무리하면서
알 수 없는 상실감에 시달리던 때였다. 연극에 출연한 박정자
선생님은 "아직은 일흔아홉"이라는 말을 했다. 나와 20년 정
도 차이가 있는데 아직도 무대에 서는 모습을 보며 20년이 얼
마나 긴 세월인가 생각했다. '의도적으로라도 시작하자'라는
생각이 들었다. 다시 노래 레슨을 받기 시작했다. 노래를 배워
하우스 콘서트를 하고 싶다. 관객이 누가 되든, 장소가 어디가
되든 상관없다. 내가 다시 꿈을 꾸기 시작한 게 중요했으니까.
이 마음이 내 안에 들어오자 편두통처럼 콕콕 찔러대던 우울

감과 상실감이 사라졌다.

돌아보니 몇 개월 전의 내가 낯설다. 평생 까탈스럽고 예민하게 살아온 내가 나를 너무 사랑해 벌어지는 시트콤 같은 순간들을 기록해 두고 싶은 마음에 시작한 일이었다. 나이는 더 들어가지만 아름다움을 지키기 위해 '의식적인 훈련'을 하며 살았던 것도 남기고 싶은 내용이었다. 마음고생한 것을 세상이 다 아는데도, 행복에 가까워지고자 노력했던 순간들도 기록하고 싶었다.

글쓰기를 핑계로 최근 몇 년 동안의 나를 캔버스에 늘어놓고 약간의 거리를 둔 채 살펴보는 일은 꽤 재밌는 작업이었다. 책을 쓰며 좀 가벼워지고자 했으나, 여전히 군더더기가 많은 나를 발견한다. 그리고 분명 시트콤이라 여겼던 인생의 순간들이 돌이켜보면 마냥 유쾌하지만은 않았다는 것도 새삼 깨닫는다.

이건수의 미술 산문집 〈미술의 피부〉에는 이런 글이 나온다. "나는 팔리지도 않을 책을 내고 팔리지 않는 그 현실에 상처받는다. (중략) 이 나이에 뭘 자꾸 파고드는 것일까. 이제껏 알았던 것도 까먹는 나이가 되었다."

관심 받는 게 싫었던 때도 있었는데, 그러던 내가 또 책을 낸다. 책을 보며 말랐던 눈물이 다시 나오기도 하고 부아가 치밀기도 했다. 행복하던 시절도, 힘들던 시절도 삶의 표면들을 레가토처럼 부드럽게 연결해 나를 다독이고 싶었다. 이렇게, 또 다른 소통의 고리를 찾고 싶었다.

누군가에게 보여주고 싶은 면은 물론이고 당장이라도 지워버리고 싶은 면까지 담아서 썼다. 연속극 같던 내 인생을 서서히 로맨틱 코미디로 바꿔가려 한다.
처절했지만 결과적으론 홀가분하다.

혼자 사는 게 좋다.
이제 겨우 한 챕터가 끝났다.

혼자 사니 좋다

초판 1쇄 발행 2020년 5월 18일
초판 3쇄 발행 2020년 6월 8일

지은이 서정희
펴낸이 안지선

편집 이미선
디자인 석윤이
교정 신정진
마케팅 최지연 김재선
제작 투자 타인의취향
제작처 상식문화

펴낸곳 (주)몽스북
출판등록 2018년 10월 22일 제2018-000212호
주소 강남구 학동로9길13 201
이메일 monsbook33@gmail.com
전화 070-8881-1741
팩스 02-6919-9058

ISBN 979-11-969465-4-8 03810
이 도서의 국립중앙도서관 출판도서목록(CIP)은 서지정보유통지원
시스템 홈페이지(http://seoji.nl.go.kr)와 국가자료공동목록시스템
(http://www.nl.go.kr/kolisnet)에서 확인하실 수 있습니다(CIP 제
어번호:CIP2020018250)

mons (주)몽스북은 생활 철
학, 미식, 환경, 디자인, 리빙 등 일
상의 의미와 라이프스타일의 가치
를 담은 창작물을 소개합니다.